FOR$_2$

FOR pleasure   FOR life

國家圖書館出版品預行編目資料

字母餐＝The garden of eatin'：a guide to western food / Matt McCabe,
　朱衣 作. -- 臺北市：網路與書, 2006〔民95〕
　　面；　公分
　　ISBN 978-986-82711-0-4 （平裝）

　　1. 英國語言-詞彙

805.12　　　　　　　　　　　　　　　　　95018342

FOR₂　　05

字母餐
The Garden of Eatin' ——A Guide to Western Food

作者：Matt McCabe、朱衣
責任編輯：黃恩蓉、冼懿穎
美術指導：張士勇
美術編輯：倪孟慧、張碧倫
攝影：張明偉
法律顧問：全理法律事務所董安丹律師
出版：英屬蓋曼群島商網路與書股份有限公司台灣分公司
台北市10550南京東路四段25號10樓之1
TEL：886-2-25467799　FAX：886-2-25452951
email：help@netandbooks.com
http://www.netandbooks.com

發行：大塊文化出版股份有限公司
台北市10550南京東路四段25號11樓
TEL：886-2-87123898　FAX：886-2-87123897
讀者服務專線：0800-006689
email：locus@locuspublishing.com
http://www.locuspublishing.com
郵撥帳號：18955675
戶名：大塊文化出版股份有限公司

總經銷：大和書報圖書股份有限公司
地址：台北縣新莊市五工五路2號
TEL：886-2-89902588
FAX：886-2-22901658

製版：瑞豐實業股份有限公司
初版一刷：2006年10月
初版三刷：2007年10月
定價：新台幣280元

ISBN-13：978-986-82711-0-4
ISBN-10：986-82711-0-X

Printed in Taiwan

鳴謝：六福皇宮The Westin Taipei、瑋緻活股份有限公司、台北西華飯店、台北君悅大飯店

字母餐

The Garden of Eatin'
A Guide to Western Food

Matt McCabe、朱衣 著

目錄

字母餐
The Garden of Eatin'
A Guide to Western Food

清晨，在微風中醒來

早餐BREAKFAST

盛宴．即將開始
晚餐DINNER

世界飲食之旅

　　世界變得更加密不可分，世界各地經常在交流的人們也越來越有機會分享各自的文化。尤其是透過國際的菜餚，使得不同國籍的人有了親身體驗異國文化的臨場經驗。透過飲食，大家都有了同樣的共識，譬如二十一世紀之初，人們更喜愛有機與健康的較清淡的食物。而這樣的飲食觀也已經成爲全球性的飲食觀。

　　藉著本書，讀者可以了解到西方飲食方式的重要趨勢。這本書提供了一個學習的機會，可以讓你了解到各式各樣的西式菜色，烹飪的原料，與潛藏其間的烹調習俗與歷史。每種餐點所附的詞彙——早餐、午餐、下午茶與晚餐——都是可以經常練習使用的字句，同時能幫助你了解內容的意義。這本書有助於回答讀者的問題：爲什麼西方人在一天的不同時段吃某一類的食物，他們調理食物的方法，以及西方世界的不同地區之餐點的不同之處。

　　在這個國與國之間的關係越來越緊密相連的世代，我希望在亞洲生活的人們能夠對西方飲食有更深入的了解，透過不同的膳食習慣，更加了解彼此對於生活的不同觀點與想法。

　　建議你將本書視爲了解西方文化習俗的廣泛教育之旅的起點。在旅行到歐洲與美國時隨身攜帶它，不時翻閱它，特別是當你好奇或困惑某種菜色時，你所尋找的答案就在你手上。

六福皇宮行政總主廚　　Manfred Lasczyk
賴斯凱

偷一點下午的閒暇時光

　　現代人的生活被工作佔滿了，在漫長的下午，偷閒喝個下午茶，可以使自己恢復光彩，重新再出發，好像成了都市人很自然會去做的事情。

　　喝下午茶的習俗從哪時候流傳到台灣，已不可考。不過，肯定的是，台灣人有喝茶的習慣，任何時候，都可泡上一壺茶，但並不像西方下午茶這般考究，最常見的就是廊下一群老人喝老人茶，屬於台式的悠閒，著重在無所事事的閒聊。

　　Wedgwood見證幾世紀的下午茶習俗，爾後台灣也加入這場盛宴。我們提供最精緻的瓷器，搭配最高級的紅茶，就像英國倫敦五星級飯店的下午茶，一場高雅優美的感官之旅於焉展開。

　　很高興看到《字母餐》這本書能如此詳細解說下午茶的來龍去脈，使有心人士更能深入體會喝下午茶的涵義。明白喝下午茶不只是享受一盞茶的芳香，更是一場生命的美麗盛宴。

　　如果每個人都花一點心思，偷一點下午的閒暇時光，喝一盞芳香濃郁的下午茶，讓整天緊繃的情緒回復過來，相信日子會過得更有意義，更有神采。

瑋緻活股份有限公司

倘佯在西方的飲食世界

在五星級飯店裡專研與呈獻西式料理十幾年，看過許多有關西式餐飲的書籍，一直以能將西式餐點融入我們東方飲食文化為志趣。而今西式料理已廣為台灣的消費者所喜愛，享受了這些精緻的西式料理後便開始對其文化有了更深一層的好奇。

《字母餐》這本書裡包含了許多關於西式餐飲的知識與文化，甚而故事、趣聞、諺語等，是一本內容豐富、生動有趣的書，可以讓讀者用更輕鬆的方式瞭解與認識西式餐飲。讓喜愛西式料理的讀者可以盡情的倘佯在西方的飲食世界中！

君悅大飯店寶艾西餐廳主廚

跟著字母走！

　　要了解一種文化，最好的開始就是去觀察他們吃些什麼。就像那句名言所說的：「你吃什麼就是什麼。」（You are what you eat.）如果你認真的想，那就表示你所吃的東西會變成你身體的一部分。如果你吃垃圾食物，你會變得又胖又懶。如果你吃健康食物，你就會變得比較瘦，也充滿活力。不過，這樣的說法實在太簡單了一點。能夠了解西方人吃些什麼，喜歡什麼樣的食物，畢竟是一件很好的事——這些食物是當他們感到疲累時，母親為他們準備的東西，也是午夜夢迴時思念的食物。

　　美國著名的兒童詩人尤金‧費爾德（Eugene Field 1850~1895）寫過一首詩〈蘋果派和起司〉（Apple-Pie and Cheese），其中有幾句是：

每天晚上，我脫下衣服

跪下來祈禱

要求上天賜福

給我蘋果派和起司

　　雖然這樣寫詩看起來有點瘋狂，但他所說的正是一般美國男孩心中渴望的東西。美國有許多種用起司做的食物，像是起司通心粉、起司漢堡，當然還有起司蛋糕！蘋果派是美國典型的食物，因此有一句諺語說：「美國就是棒球、母親和蘋果派。」（as American as baseball, Mom, and apple pie.）

在這本書中，我們帶你到英國及美國作一趟食物之旅。從早餐開始，你會發現西方人為什麼稱早餐為BREAKFAST，其中有什麼樣的典故跟歷史。如果你打算到英國或美國去玩，也最好能夠先了解你會碰到的是什麼樣的食物。

如果你到一家西式餐廳去，該怎麼點食物可能也會讓你很困惑。但是看過本書介紹的午餐之後，這件事對你來說就沒那麼困難了。你有沒想過是誰發明了三明治？這本書中就會告訴你答案。

英國作者山謬‧強生（Samuel Johnson 1709~1784）曾經說過：「有些人笨到不注意，或是假裝不在意自己吃些什麼……如果他不在乎自己的肚子，那麼他也不會在乎別的事了。」當你了解了西方的食物，也就是開始了解西方文化的第一步。

想像一下，你在森林中迷了路，就在你想放棄尋找出路時，你在地上發現了一個用麵條做的字母「A」。你撿起來吃掉。然後你發現了另一個「B」，然後你又撿起來吃掉，然後你繼續往下走，最後你終於走出了森林，找到了一碗「字母湯」（alphabet soup）──一種用麵條作成字母形狀的湯。這本書就像你在暗無天日的森林中找到的第一個字母，跟隨著這個字母，你就會來到光燦明亮的新天地。你所學到的每一個新字都會帶給你更多的知識，也會帶給你想要追求更多知識的熱忱。所以，你還在等什麼呢？跟著字母走吧！

早餐

英文中，早餐BREAKFAST這個字其實是BREAK及FAST兩個字的組合，也就是說在斷食了一個晚上之後（整個晚上都沒有進食當然就是斷食啦！），到了黎明的時候，就該是吃一點東西的時候了。既然打破（BREAK）了斷食（FAST），早餐叫做BREAKFAST，似乎滿合理的。至於從什麼時候開始稱早餐為「打破斷食」，從古代拉丁文獻的詳實記載中就可看到，當時（300~700AD）的拉丁文，有一個動詞DISIUNARE，意思是「打破斷食，吃一天當中的第一餐」，據信這就是早餐BREAKFAST一詞的出處。

會將斷食跟早餐聯想在一起，宗教色彩似乎頗濃厚呢！

所謂的斷食（FASTING）一意指不吃東西，甚至不能喝水，另一意則是限制吃某項食物。人們為了疾病或宗教上的理由進行斷食已有幾千年的歷史，西方聖經（Bible），舊約第三卷〈利未記〉（Leviticus），記載了「每逢七月初十日，你們要刻苦己心，無論是本地人，是寄居在你們中間的外人，什麼工都不可作。這要做你們永遠的定例。」所謂的刻苦己心（deny yourselves）指的就是斷食（You must fast）。另外在舊約第七卷〈士師記〉（Judges），提到以色列人與便雅憫人之間的戰役，四萬名以色列人不幸被殺，「以色列眾人就上到伯特利，坐在耶和華面前哭號，當日禁食（fast）直到晚上。又在耶和華面前獻燔祭和平安祭」這裡的禁食也就是斷食。由此可

見，當時的人碰到特殊情況或悲傷時刻，會進行斷食的儀式，以表達哀悼之意。

對西方人來說，聖經的影響力早已深入每一戶家庭內，因此斷食和宗教教義關係密切。教會從聖經上找出許多證據，以宣揚人不一定要吃肉的道理——如亞當的貪吃之罪、天使不需要食物、該隱的殘忍等等。因此對羅馬的天主教徒來說，斷食指的是星期五那一天不可吃肉。至於東正教的基督徒則有不同的斷食方式，包括不可吃動物產品、橄欖油、酒等，以保持身心靈的潔淨。基督教保留至今的四旬齋（Lent，指復活節前的四十天），在古代有嚴格的規定，一天只吃一餐，肉、魚、蛋、奶都要禁食，便是為了紀念耶穌在曠野中斷食四十天所受到的折磨。

特別的是，另一個理由，這牽涉到民生問題，因為當時物資不

足，糧食短缺，鼓勵人們斷食多少可以緩衝一下飢荒問題。另外還有為健康、政治，甚至減肥等理由而斷食的。不過，千古以來，雖然有關斷食的記載多不勝舉，但畢竟這並不是容易做到的事情。經過數千年演變後，所謂的斷食只剩下一種象徵意義。一般人經常遵循的斷食方式，是利用晚上睡眠時間斷食，而早餐被稱做打破斷食（BREAKFAST），也勉強算是保留了某種宗教上的含意。

The road to health
健康食品與兩性關係

約翰‧哈魏‧肯羅克（John Harvey Kellogg）1852年出生於紐約，是一名醫生及健康專家，也是著名的穀類食品公司維爾凱斯肯羅克公司（Will Keith Kellogg Company）的創辦人，一生致力於穀類早餐（cereals）的研發。

肯羅克醫生不僅在貝特科瑞克療養院研究醫學科學，也和弟弟維爾‧凱斯‧肯羅克（Will Keith Kellogg）持續研發各種全穀類加工食物（wholegrain food）。他的第一個貝特科瑞克健康實驗是將燕麥粉和玉米粉混合，然後壓成塊狀，稱之為格蘭紐拉（granula），後因為被格蘭紐拉的原創者傑克森博士控告，而改稱為格蘭諾拉燕麥塊（granola）。從此以後，反覆實驗，研發創造出各種不同類型的穀類加工食品，成為這個行業的佼佼者。

作家波意勒（T.C. Boyle）寫了一本書《通往健康城的道路》（*The Road To Wellville*），用諷刺喜劇筆法描寫肯羅克醫生在貝特科瑞克療養院的奇聞軼事，1994年被改編成電影〈窈窕男女〉，由英國演員安東尼‧霍普金斯（Anthony Hopkins）主演，深刻的描繪出上流社會男女對健康與性的追求與迷思，發人深省。

Full English Breakfast

英式早餐

The Garden of Eatin' — A Guide to Western Food

字母餐

1. Cold Cereal in a Cereal Bowl
   冷燕麥粥

2. Pancakes with Blueberries
   藍莓煎餅

3. Croissants牛角麵包

4. Teacup茶杯

5. Tea saucer茶盤

6. Fruit Bowl with Plums, Pears,
   and Apples
   水果盆中的梅子、梨子與蘋果

7. Butter and Butter Dish
   奶油與奶油盤

8. Blueberries in clear bowl
   玻璃碗中的藍莓

9. Mulberries桑椹

10. Strawberries草莓

11. Boiled egg in eggcup
    蛋杯中煮熟的蛋

12. Milk jug牛奶罐

13. Honey with honey dipper
    蜂蜜與沾蜂蜜棒

14. Sugar bowl糖罐

15. Plate of sliced melons and kiwifruit
    甜瓜與奇異果水果盤

16. Bagels焙果

17. French bread法國麵包

18. Water pitcher水罐

19. Rye bread and tomato bread in slices
    in a bread basket
    麵包藍中的裸麥麵包、蕃茄麵包切片

20. Cream cheese in a small clear dish
    小玻璃碟中的奶油乳酪

21. Orange marmalade橘子果醬

22. Strawberry jam草莓醬

23. Coffee in a long glass
    長形玻璃杯中的咖啡

24. Orange juice in a long glass with stir
    長形玻璃杯中的橘子汁與攪拌棒

25. English muffin英式鬆餅

26. Fry up: fried sausages, fried
    mushrooms, fried tomato halves,
    fried bacon, and sunny-side up eggs
    油炸早餐：油炸香腸、洋菇、半個蕃
    茄、培根與單面煎蛋。

27. Cheese board with Emmental
    cheese, Edam cheese, Gouda
    cheese, and Stilton cheese
    起司板上面的瑞士起司、伊登起司、
    高達起司、史丹敦起司

英國人的早餐，經過千百年不斷變化，其面貌千奇百怪，花樣百出，不勝枚舉。根據食物專家的研究，早期的英國農人在清晨外出工作之前只吃一點起司與麵包，外加一點冷肉如火腿或燻魚之類醃製的肉類，非常接近大陸早餐的模式。隨著大英帝國的勢力逐漸往外擴充延展，英國人的早餐慢慢起了巨大改變。到了亨利八世的都鐸王朝（1491~1547），上流社會的早餐變成是一種點心，可能只喝點啤酒，吃點麵包，然後等著十一點吃豐盛的正式午餐（dinner），然後一吃就是好幾個小時，接著天就黑了，也做不了什麼事了。

既然早餐含有「打破斷食」的意思，換句話說，吃早餐就是一件值得慶祝的大事。英國人不但遵循這樣的理念，還自得其樂，樂此不疲。英式早餐通常有三四種菜餚，首先端上來的是典型的煎蛋、培根或火腿，旁邊配著烤過的蕃茄；其次是水果或穀類食品；最後則是魚，像煙燻鯡魚，或加了魚、蛋及奶油的印度燴飯；偶而在魚之後還會有一道冷盤，如冷牛肉片、派等。此外，值得一提的是一道傳統經典的英式早餐，包括，芥末醬腰子（Devilled Kidneys），做法是將羊的腎臟醃在芒果醬中，然後放在火上烤，再沾上芥末、檸檬、辣椒粉，配上裝滿羊排、香腸、肝的烤盤，再加上半個烤過的蕃茄，如此豐盛的餐點有時還會再配上一顆蛋！而燕麥餅（Oat cakes）、烤麵餅（crumpets）、各種吐司麵包，還有，果醬也絕對是早餐桌上少不了的配件！

伊莉莎白女王時代（1558~1603），美洲發現了馬鈴薯，後來傳到英國，起初民眾還不習慣吃這種新糧食，那時普通人家的早餐包括有冷肉、燕麥餅與啤酒。如果是工人階級，只能吃到麵包、蕪青（radishes）加啤酒。早餐喝啤酒的習慣一直到美國的開國元老，發明電力的富蘭克林（Benjamin Franklin，1706~1790）那個年代還保留

《孤雛淚》中的主角奧立佛‧特溫斯特要求多一點的食物。

著，他曾在自傳中提到印刷廠的工人早餐喝啤酒的事。

喬治王朝時代（1714~1830），遠從東方來的茶、可可、咖啡已經出現在英國人的早餐桌上了。1750年的工業革命帶來許多工廠，人群不斷湧到城市討生活，這些工廠都有廚房餐廳設備，提供餐點給工人食用。這個時期，貧富懸殊差距越來越明顯，從英國作家珍‧奧斯汀（Jane Austen）寫給姊姊卡珊德拉的信中就可看到，例如，中產階級或富裕的人家因為吃得太過豐富，經常需要吃大黃（rhubarb）幫助排泄，以準備吃第二天的美食。

拿破崙戰役（1805~1815）之後，英國政府通過了玉米法案（corn laws），限制外來穀物進口，以保護本國穀物價格。沒想到卻造成國內物價飛漲，一般人要花上數十倍的價格才能買到早餐吃的燕麥、大麥等糧食。雖然到了1828年開放進口，但已太遲，物價早已飆到無法控制的局面。

進入維多利亞時代（1837~1901），英國在海外勢力無限擴張，工業革命如火如荼地展開，整個社會卻發生糧食短缺的現象，許多家庭普遍缺乏食物，加上飲用水被工廠排放的廢水所污染，種種情況導致老弱婦孺貧病交迫，窮困潦倒的人倒臥街頭巷尾，景象非常悲慘。英國作家狄更斯（1812~1870）在小說《孤雛淚》（*Oliver Twist*）裡，描寫一群無法清償債務，被關進工作坊（workhouse）的窮人，早餐只吃了六盎司的麵包——等於兩片吐司麵包的分量。

一直到維多利亞時代的末期，這些現象才慢慢獲得改善。後來到了二十世紀，摩登生活取代了飢荒窮困，英式早餐漸漸與午餐合併，變成豐盛油膩的新面貌，而所謂的午餐（dinner）繼續往下延遲，成為今天所謂的晚餐（dinner）。

Breakfast Meat-Eaters
早餐桌上的肉食者

英國人的早餐桌上為什麼會有如此豐盛的肉類食物，不得不從英國的歷史談起。公元43年，英國成為羅馬帝國的一部分，當時居住在英國的克爾特人（Celts）被羅馬人統治了四世紀之久。到五世紀中葉，居住在現今德國易北河畔的盎格魯薩克遜人（Anglo-Saxons）大舉進攻，成立了英格蘭（England）這個國家。在八、九世紀之交，原本為盎格魯薩克遜人佔據的不列顛內亂四起，北方丹麥半島的海盜丹人（The Danes），也就是俗稱的維京人（Vikings）在787年開了三艘挪威船入侵不列顛，展開了侵略的行動，最後這些海盜民族終於佔領了全英國，成為英國的統治者，影響力至今不衰。最後一批征服者則是1066年，來自法國西部的諾曼人（The Normans）。

Five elements of English Breakfast
英式早餐5大元素

不知道是因為特殊食物的組合因子，還
是西方人獨特的審美觀念，在英式早餐
桌上看到的通常不只是美食，還有一些
特別的元素，譬如：

陽光
如果是日上三竿才吃早餐，那樣的陽光
就不適合了。英式早餐桌上的陽光應該
是淡淡的粉紅色，映照在擺放在餐桌上
的肉食，鮮紅的燻肉，乳白的麵包，令
人食慾大增。

窗台邊的窗簾
清晨初露的朝陽氣息，透過窗戶展現出一天的蓬勃生機。如果有
一片絲質窗簾掩映在陽光中，這時的早餐似乎也充滿了無盡的浪
漫氣息。

桌上的鮮花
剛從園中摘下的鮮花，還帶著露水的晶瑩剔透。通常是白色的桌
巾，搭配什麼樣的花都好看。否則傳承自歐洲的紅格子桌布，最
適合的就是康乃馨──有媽媽的味道。

牛奶麵包咖啡的香氛
有一些食物會讓人記憶深刻，可能不只是因為美食，還可能因為
當時的氣氛、環境、天氣或味道。牛奶、麵包與咖啡的香氣，聞
到就會讓人忍不住垂涎三尺。

談話
最重要的一個元素還是彼此心靈的交流。在餐桌上除了吃以外，
還有一個重要的功能就是社交活動。西方人喜歡談話，不論任何
相異的觀點都可以用談話來解決、溝通，甚或角力。「君子動口
不動手」，西方早餐桌上就是最好的見證。

Celtic Breakfast

凱爾特早餐

1. kippers on a big plate
   大型餐盤中的燻鮭魚
2. glass of orange juice
   一杯柳橙汁
3. knife 餐刀
4. fork 叉子
5. a slice of buttered whole wheat
   bread on a small plate
   小碟子上放了一片塗了奶油的全
   麥麵包

鄰近英國的蘇格蘭、愛爾蘭及威爾斯等地的特殊食物，給英式早餐添加了不少新鮮風味。整體來說，這些地方的早餐可統稱為凱爾特人（Celts）的早餐。

Scottish Oatcakes 蘇格蘭燕麥餅

　　以蘇格蘭為例，燕麥餅、司康餅（scones）、阿布羅斯（蘇格蘭北海漁港）燻魚（Arbroath smokies）等，就是當地人經常吃的早餐食物。一般而言，燕麥喜歡生長在寒冷潮濕的地區，貧瘠濕冷的蘇格蘭高地非常適合燕麥生長，當地人習慣用粗糙的燕麥餵豬，也會做成燕麥餅當早餐吃。因此英格蘭人取笑說：「在蘇格蘭，燕麥是給人吃的；在英格蘭，燕麥是給馬吃的。」（Oats eaten by people in Scotland, but fit only for horses in England.）而蘇格蘭人則以妙語回應：「這就是為什麼英格蘭的馬好，而蘇格蘭的人好！」（That's why England has such good horses, and Scotland has such fine men!）

　　在蘇格蘭，一般家庭通常是將燕麥與大麥麵粉加水調合，做成麵糰，然後放進烤箱，烤好之後再切成薄片，稱做燕麥餅（oatcakes），或薄麥餅（bannocks），當成早餐食物，或日常點心。傳統上，蘇格蘭人也比愛爾蘭人或英國人更喜歡在早晨吃燕麥粥（oatmeal porridge），做法是將碾碎的燕麥粉加熱煮熟，然後加上糖、鮮

早餐笑話

A: I heard the cafeteria is serving fake orange juice.
甲：聽說餐廳裡的柳橙汁不是真的果汁。

B: Oh! That's just pulp fiction!
乙：哦！那就是低俗果汁了！
（譯註：pulp fiction指低俗小說。pulp亦指果肉，fiction指虛構的故事，因此pulp fiction也可說是假的果肉。）

Don't cry over spilt milk　牛奶女孩……

　　這個故事原本出自《伊索預言》。伊索是希臘的一個奴隸，因為善於說故事，而獲得許多奴隸所沒有的特權。這個故事經過數百年的變遷，與許多人增添改編，已經有了許多不同的版本：

　　一個春天，一個名叫賓妮的鄉下女孩頭上扛著一桶牛奶進城去。她穿著簡單樸素的棉布衣服，平底鞋，急急忙忙往前走，滿腦子充滿幻想，幻想如果把牛奶賣掉之後，她要做些什麼事！她要拿這筆錢買一百顆蛋，蛋會孵出許多小雞。等這些小雞長大以後，變成了母雞，就可以生更多的蛋，也就有更多的雞。她微笑著，想著自己辛勤的工作會獲得多大的報酬啊！她告訴自己：

　　「在房子旁邊養雞很簡單，牠們可以亂跑，不會出問題的。雖然可能會被狡猾的狐狸偷走一兩隻，但是沒關係，其餘的夠我買一頭豬了！而且一定還會剩下不少錢呢！我可以買一些便宜的玉米來餵豬，等到豬長大了，再把牠賣掉，又可以賺一筆錢了！然後，再用這筆錢買一頭母牛和小牛……啊！我簡直就可以看到那頭小牛在大草原蹦蹦跳跳，調皮搗蛋的模樣了！」

　　賓妮一邊想著，伊邊竟像頭小牛般手舞足蹈起來了，結果，一個不小心，牛奶桶打翻了，牛奶流得滿地都是。這下子。所有的夢想──小牛、母牛、豬和幾百隻雞都跟著牛奶打翻了！賓妮哭了又哭，最後沒有辦法，只好垂頭喪氣帶著空空的牛奶桶回家。媽媽在門口等著她，看到空空的牛奶桶，知道她又做錯事了。媽媽安慰：「為灑出來的牛奶哭泣是沒有用的。不要光做白日夢，多注意妳自己在做的工作吧！」

If you dream of milk……
如果你夢到牛奶……

　　在夢中看到牛奶，意思是你想了太多無關緊要的事，這是在提醒你放下雜念，集中精神在更重要的事情上。夢到牛奶也代表著母親的愛、仁慈、生氣蓬勃，對新認識的友人付出同情心。夢到你在喝牛奶表示快樂的婚姻關係。

　　英文中有一句厘語：「不要為潑出來的牛奶哭泣！」（Don't cry over spilt milk.）意思是不要一直想著過去，那對你毫無益處。

奶油或蜂蜜。英文裡，燕麥粥（oatmeal porridge）名稱太長，後來慢慢演變，美國人多用燕麥粉（oatmeal）這個字來代替燕麥粥，英國人則多以粥（porridge）這個字來取代。

司康餅跟一般烤餅沒什麼兩樣，不過傳統上會先切成三角形（楔形）再烤。大多數人相信司康餅的名稱來自蘇格蘭的地名——「命運之石」（the stone「scone」of destiny），蘇格蘭國王都是在這裡接受加冕的。也有人說來自荷蘭，意思是指白麵包（schoonbrot），或是來自德國的精美麵包（sconbrot）。總之，更多人將這種像石頭的麵包當作是下午茶的點心，而不是在早餐時候吃。

阿布羅斯燻魚是用黑線鱈魚製成的，先去魚腸，然後綁在一起，用鹽醃或浸泡在海水裡，然後用炭火燻。吃的時候要擠上檸檬汁，灑上黑胡椒，然後配著黑麵包與奶油一起吃。另外還有一種著名的燻製或曬乾的鯡魚（kippered herring簡稱 kippers），這種鯡魚產於北大西洋，通常大批成群移動，容易捕獲，漁人通常趁新鮮時食用，多餘的漁獲便一一撕開，用鹽醃，曬乾，再用煙燻製而成。這種煙燻法的溫度低於攝氏三十度，因此也稱做冷燻法（cold-smoking）。

早餐笑話

Some yogurt visits a local bar

Two cartons of yogurt walk into a bar. The bartender, who was a tub of cottage cheese, says to them, "We don't serve your kind in here." One of the yogurt cartons says back to him, "Why not? We're cultured individuals."

優格逛酒吧

兩盒優格走進一家酒吧。曾是一盒白乾酪的酒保說，「我們這裡不替你那種類型的服務。」其中一盒優格回他一句話，「為什麼呢？我們都有高度文化修養啊！」（譯註：culture有兩種意思：一為教養和文化，二為培養（菌）。）

Romantic "Breakfast at Tiffany's"
第凡內早餐的浪漫聯想

　　鏡頭拉開，清晨時分，紐約第五街大道上空無一人，一輛黃色的計程車駛來，停在第凡內珠寶店前面。穿著黑色晚禮服，戴著寶石項鍊、黑色太陽眼鏡，打扮入時的奧黛麗‧赫本下了車，獨自佇立在第凡內珠寶店的櫥窗前。她緩緩的打開手上的早餐袋，拿出一個可頌麵包與一杯咖啡，然後一邊看著櫥窗內的珠寶，一邊吃早餐。

　　這是電影《第凡內早餐》的開始，也是奧黛麗‧赫本每天吃早餐的方式。而她所吃的可頌麵包加咖啡，正是簡單的大陸早餐。就如同《第凡內早餐》一樣，西式的早餐容易令人產生一種浪漫的聯想。基本上，西式早餐的元素包括淡淡的陽光、微風吹過的窗簾、桌上的鮮花、茶香、奶香、咖啡香及巧克力的香氛，有時候會用談話來調味，但大多數時候是看著報紙，靜靜的品嚐一天最開始的滋味。

Ulster Fry 愛爾蘭油炸早餐

愛爾蘭的早餐叫做「油炸早餐」（fry）。按照字義來看，這樣的早餐鐵定也是肥滋滋，油膩膩，而那油炸過的麵包當然也在名單之內了。其實，十一世紀時，愛爾蘭人與蘇格蘭人的早餐非常類似，都以穀類早餐為主。到了十四世紀，愛爾蘭的食物中開始出現了羊肉、烤牛肉與雞肉。根據歷史記載，到了十八世紀，愛爾蘭的水手開始吃醃牛肉、羊肉派等。這時的肉仍然以醃製為主，很少以鮮肉的面貌出現。直到十九世紀之後，餐桌上才開始有以新鮮的肉類做成的菜餚。出現在北愛爾蘭，非常類似英式早餐的吃法，稱做阿爾斯特油炸早餐（Ulster Fry）。阿爾斯特是北愛爾蘭的舊稱，這種早餐可以在早晨吃，也可以整天吃，包括培根、香腸、血腸黑布丁、蘑菇、蕃茄和蛋，再加上蘇打麵包與油炸馬鈴薯餅（potato farl），豐美氣勢絕不輸給英式早餐。其中比較特別的是帶點甜味的愛爾蘭蘇打麵包（Irish soda bread），用白麵粉加上烘焙蘇打發酵，而不是用酵母粉發酵，其中還夾雜著金黃色與棕色的葡萄乾。

Welsh laverbread 威爾斯紫菜麵包

威爾斯人在英式早餐桌上增添了兩項來自海上的食物：紫菜麵包（laverbread）與小貝肉（cockles）。如果說英式早餐的發展是依照上流社會的生活演變而來，威爾斯人的早餐則以勞工階級的飲食習

早餐笑話

Q: What is the difference between yogurt and men?
問：優格和人之間不同處是什麼？
A: Yogurt has an active culture.
答：優格有活躍的文化。

慣爲主。住在威爾斯地區的居民以農夫、礦工、煤炭工人、漁夫爲主，他們所吃的食物只有粗糙的湯、燕麥粥與燕麥餅而已。在威爾斯南部的海岸邊，岩石堆旁長滿了紫菜，紫菜麵包就是用這種可以吃的海藻做成的，通常是跟燕麥片混在一起，做成薄煎餅的模樣，也有人像吃菠菜一樣直接吃。小貝肉則是雙殼貝肉，類似淡菜（mussels）或蛤蚌（clams），在早餐桌上，通常是油炸過後食用。

十九世紀賣貝果的小販。©Ali Meyer/CORBIS

Bagel 貝果

貝果Bagel這個字來自德文的beigen，是從做成棒狀或紐結狀的椒鹽脆餅乾（pretzel）演變而來的。據說在1683年，波蘭國王詹沙巴斯克為奧地利人驅除了土耳其人，奧地利的一名麵包師傅為了向他致敬，決定將這種椒鹽脆餅做成圓形，中間穿個洞象徵馬蹬，以稱頌這位喜歡騎馬的偉大國王。自此，貝果成為波蘭猶太人偏好的食品。因為中央有一個的洞，方便讓棍子穿過去，許多小販便拿著成串的貝果在街頭兜售，也使得貝果更加普及。一般人在吃的時候會加上乳酪起司、鮭魚。傳統上貝果只有芝麻、罌粟籽、原味三種口味，目前已發展出葡萄乾、洋蔥、大蒜、藍莓、全麥、酸麵（sourdough）、裸麥黑麵（pumpernickel）等多種口味。

Who Were The Celts? 誰是凱爾特人？

　　凱爾特人沒有自己的文字，人們所知的有關資訊都是來自希臘人與羅馬人所書寫的資料，後來又加上愛爾蘭的修士把古老的愛爾蘭口述傳奇故事小心翼翼的紀錄下來，才勾勒出比較明顯的輪廓。

　　凱爾特人是遊牧民族，語言屬於印歐語系，後來分類為凱爾特語，分布在整個歐洲地區，最早的紀錄可追溯到公元前二千年（青銅器時代末期），早期的遺跡仍可在奧地利、德國與法國（高盧）等地找到。在公元前第八到九世紀之間，他們建立了「賀拉斯特」（Hallstatt）文化——初期鐵器時代的文化。等到鐵器時代取代了青銅器時代，住在巴伐利亞（德國）與波西米亞（捷克）的凱爾特人與希臘人開始了非常頻繁的貿易往來。

　　公元前五世紀，希臘人稱他們為凱爾特人（Keltoi），羅馬人則稱他們為高盧人（Galli，亦即Gauls）。公元前六世紀，新的鐵器文化在萊茵河畔形成了，稱作「拉鐵尼」（La Tene）。這種文化將凱爾特人著名的特殊生活方式介紹出來，戰士跟劍與矛埋葬在一起。凱爾特族也被認為是好戰的族群。在公元前六世紀左右，他們越過英吉利海峽，來到不列顛群島。這些移民到不列顛的居民被稱作「西米克凱爾特人」（Cymic Celts）。到了凱撒大帝時期（公元前

100~44年），高盧一地（包括法國、比利時、蘇格蘭低地）共有二十個不同的凱爾特部族。公元前八到六世紀，有一些凱爾特人越過庇里牛斯山進入西班牙，大部分居住在西班牙及葡萄牙的北部與中部。這使得原來住在西班牙的伊伯利亞人移居到西班牙的東部與南部。有些凱爾特人定居下來，與伊伯利亞人通婚，產生的後代就被稱之為凱爾特伊伯利亞族（Celt-Iberian）。

古代凱爾特人的信史大都是由羅馬與希臘人記錄下來的，在羅馬人眼中的凱爾特人就是野蠻民族，不穿衣服，也沒有文化。古代的凱爾特人並沒有記錄下自己的歷史，不過透過其他人的記載而流傳下來。目前我們所知的相關資訊都來自羅馬人的紀錄及愛爾蘭修士的記載，這些修士還擅自在故事中加入了基督教的思想。督伊德教僧侶（Druids）與占星師在凱爾特歷史中非常重要，他們都是非常典型的凱爾特人，而凱爾特人的傳奇故中也總是充滿了神祕奇幻之說。

根據希臘羅馬歷史學家奧狄多羅斯的記載：「他們的模樣很嚇人……，他們通常很高，肌肉結實，肌膚透明。他們的頭髮是金黃色的，但並非自然的顏色。他們會用人工的方法漂白頭髮，用萊姆洗頭，從額前將頭髮往後扎起。他們看起來像木頭魔鬼，頭髮濃厚雜亂如馬鬃。他們之中有些將毛剃乾淨——至於其他人，尤其是高階人士會剃雙頰的毛髮，但保留唇上的髭鬚，吃東西的時候就像一把篩子一樣，保留了一些食物在上面。他們穿的衣服也很驚人——他們穿大紅大綠的衣服，繡花襯衫，吊帶長褲，斗篷用別針繫在肩頭，夏天是較輕的布料，冬天是厚重的布料。這些斗篷是條紋或格紋的設計，色彩繽紛。」

凱爾特人穿戴青銅盔甲，青銅號角，使他們看起來比真人還要高大。其他人則穿鐵鍊護胸。但是他們最喜歡的還是天生的武器——裸身進入戰場，有如妖魔鬼怪，胡亂吹響著號角，大聲嘶吼，用劍把盾牌敲得價天響。奧狄多羅斯還形容他們如何將敵人的頭砍下，釘在茅草屋的門前。「就像獵人打下獵物之後把動物的頭掛在門前一樣。他們用雪松油浸泡階級最高的敵人頭部，小心的保留在木箱子裡。」

羅馬人南來的攻擊，加上北邊的日耳曼族及東方部族的入侵，凱爾特文化被徹底消滅了。公元二世紀，日耳曼族日益強大，羅馬人也不斷入侵，高盧人變成高盧戰爭（公元前58~51年）的標的，而羅馬帝國也在公元一世紀時征服了不列顛。隨著羅馬帝國的衰亡，日耳曼人繼續往西進，佔領了凱爾特人的故地。只有歐洲邊緣地帶還留存有部分的凱爾特文化。目前愛爾蘭、蘇格蘭、威爾斯、英格蘭西南部的康瓦耳、法國西北部的不列尼塔等地還保留了很強烈的凱爾特人的特質。

Continental Breakfast
大陸早餐

英式早餐非常豐盛，與英國經常受到來自歐洲大陸各個國家的統治有關，從羅馬人、盎格魯薩克遜人、維京人到諾曼人，對英國早餐都貢獻良多。不過有趣的是，如此豐盛的英式早餐卻只是英國特有的文化習俗，相對而言，典型大陸早餐（Continental Breakfast）卻是簡單到了單調乏味的地步。所謂大陸早餐指的是不包括英國的整個歐洲，通常只有冷食──各種穀類麥片（cereal）、起司、可頌麵包（croissant）。吃的型式就像小型自助餐，一切自取。因此大陸早餐也稱做輕食早餐（light breakfast）。比起用了許多奶油煎炸食物的英國早餐，大陸早餐只是「一杯咖啡加一個小麵包」（an espresso and roll），而英式早餐則是全套早餐（Full English breakfast）或是油炸早餐（fry-up）。

　　整個歐洲大陸，尤其是斯堪地納維亞半島，因位於北歐寒冷地帶，一年當中有半年是黑暗的冬季，一般人都習慣早起工作，大概八點之前就吃完早餐。而不論是德國、奧地利、荷蘭或丹麥、挪威、瑞典等國家，所吃的早餐雖然各有千秋，但大體上，以麥片、蛋、各式麵包、果醬、奶油、冷肉（煮過的牛肉切片、火腿片、鴿肉派等）、起司、乳酪、水果、果汁及茶、咖啡、熱巧克力或牛奶為主。吃的人自行決定選擇要吃哪些食物。因此，雖然比所謂的「大陸早餐」要豐盛一點，但是基本上，歐洲人的早餐桌上，冷食類仍盤佔了絕大多數的位置。

1.creamer with milk
　牛奶罐中裝著牛奶
2.a cup of coffee
　一杯咖啡
3.assorted bread in a bread basket
　麵包籃中的各式麵包

Bread-and-Butterfly in Victorian Times
維多利亞時代的麵包奶油蒼蠅

　　進入維多利亞時代（1837~1901），整個社會發生糧食短缺的現象，在《愛麗絲夢遊仙境》（*Alice's Adventures In Wonderland*）一書中就提到愛麗絲經常在改變尺寸，吃會變化的蘑菇、蛋糕等等，都是作者路易斯‧卡羅所反映出來的社會現象。而在《愛麗絲夢遊奇鏡》（*Through The Looking Glass*）中，愛麗絲看到一隻麵包奶油蒼蠅（bread-and-butterfly），身體是麵包皮，頭則是一小塊方糖。

　　她問身旁的蚊子說：「他吃什麼呢？」

　　「加了奶油的淡茶。」

　　愛麗絲又想到另一個難題：「如果找不到吃的東西怎麼辦？」

　　「當然囉！那就會死掉！」

　　「但是一定會常常發生啊！」愛麗絲深思著說。

　　愛麗絲所說的正是維多利亞時期的生活現狀 — 許多人因為缺乏糧食而生病死亡。

Potato Farl Recipe
油炸馬鈴薯餅

　　北愛爾蘭人喜歡吃的油炸馬鈴薯餅（potato farl），也稱做馬鈴薯糕（potato cake）或馬鈴薯麵包（potato bread），類似在麥當勞之類的速食店可以吃到的馬鈴薯煎餅（hash brown），吃的時候通常搭配著培根、蛋、香腸，有時候還加上蘇打煎餅（soda farl）。至於英文中所使用的farl這個字，就是在做馬鈴薯餅時，將一個大餅切成四塊（quarter）的意思。

材料：

兩杯（一公斤）馬鈴薯泥。將馬鈴薯煮熟或蒸熟，去皮碾碎，趁熱使用。

一杯麵粉

二湯是奶油

鹽少許

做法：

1. 將奶油融化，加入馬鈴薯泥中，再加點鹽。

2. 迅速加入麵粉，均勻的輕輕揉一下麵糰。

3. 將麵糰分成兩塊，各自揉成一個大盤子的大小。然後將這塊大餅切成四塊。

4. 在熱煎鍋中多放一點奶油，再加一點培根的肥肉，將馬鈴薯餅放進鍋中煎雙面，大約三分鐘後即可起鍋。

Global Breakfast

全球化早餐

The Garden of Eatin'—A Guide to Western Food

英國人的豐盛早餐飄洋過海到了美國，不知怎地，竟然面貌全變了樣。1620年，第一批朝聖者（Pilgrim）搭乘五月花號來美國，這些清教徒（Puritans）為美國豎立了簡單、嚴謹、勤奮的典範。他們吃的是裸麥麵包、黑麵包、派、野葡萄、肉類、起司、蔬果等簡單自然的食物，影響所及，美國式的早餐也偏向較簡單、休閒的風格。

在吃早餐時，英國人愛喝茶，美國人則比較愛喝咖啡，早餐的選擇通常是咖啡、茶、牛奶、熱可可、蛋、穀類食品、麵包或烤過的培根或香腸之類的，再加上水果及果汁，就是典型的美式早餐。如果再加上煎薄餅與楓糖漿，就會被認為是非常新英格蘭（美國東部）風格的早餐。而原本英式的豐盛早餐到了美國轉變為早午餐（brunch）。早午餐這個名詞是美國人發明的，意思是接近中午時分吃的豐盛大餐，有時候跟招待客人的娛樂活動結合在一起。在英國人看來，早午餐則更像他們所稱的午前茶點（elevenses）。但是午前茶點更接近下午茶的形式，是在早上十一點左右吃的，食物比不上早午餐豐盛，僅包括一些蛋糕、麵包與茶。

美國中西部人吃的早餐大多傳承德國或斯堪的那維亞半島的早餐模式，食材比較多，肉類是不可缺少的，譬如一種什錦油炸食物（scrapple），這也是荷蘭裔賓州人平日愛吃的點心。做法是將碎豬肉、燕麥片、香料搗成糊狀，倒入模中，然後切成片，油炸來吃。

相形之下，美國南方人吃得比較健康，他們喜歡一大早吃一碗粗

1. dry cereal (Granola) with fruit and nuts (apple slices, raisins) in cold milk
   冰牛奶中加入乾的穀片（格紐拉）、水果與堅果（蘋果片、葡萄乾）
2. a cup of coffee 一杯咖啡
3. one egg, sunny-side up, with ground peppercorn on it
   一個陽光蛋，上面加了磨碎的黑胡椒
4. country-style bacon and toast
   鄉村風味培根、吐司
5. as a side garnish-- a slice of swiss cheese, greens from leeks
   旁邊點綴的配菜為一片瑞士起司、韭蔥葉
6. creamer with milk 牛奶罐中裝著牛奶

燕麥粉（grits），裡面丟一些奶油、餅乾、鄉下火腿、炸馬鈴薯（hash browns，馬鈴薯切片，炸成金黃色），另外再加上一大壺的咖啡。他們稱咖啡是「紅眼肉汁」（red-eye gravy）——意思是讓睡眼惺忪的人清醒的良方妙藥。

美國西部早餐大都承襲自愛爾蘭早餐，醃牛肉與蛋是主要的早餐食物。像煎蛋捲（omelets）一種以幾顆蛋調勻煎成，裡面塞滿填料的食物，另外配上炸馬鈴薯、洋蔥圈，就是典型的邊界早餐主食。

另外還有很多烘焙食物，像是來自法國與荷蘭的甜甜圈（donuts）與來自波蘭猶太人的貝果（bagels），如今也在美國人的早餐桌上佔有一席之地。

不同的種族來到美國，讓美國人的早餐起了大變化，每個民族都在美式早餐中添加一點東西，到最後所謂的西式早餐，就變成了穀類食品、咖啡、茶、蛋與麵包的全球化早餐了，到底西式早餐是哪一國的早餐，似乎已不是重點了。

English Muffins
英式鬆餅

英式鬆餅（English muffins）其實是美國人發明的。這種用蛋和麵粉做成的小圓餅，基本上和英國人愛吃的薄煎餅（griddle cake）很類似。做法是將發酵的麵糰放在煎鍋上，煎成圓形小餅。在吃英式鬆餅之前一定要先烤過，不必用刀子切開，而是用叉子將兩半分開，再塗上奶油果醬。英式鬆餅是美國人最愛的早餐食品之一，在台灣有些麵包店也可以買到包裝好的英式鬆餅。

The Strawberry Family
草莓家族

　　西方人認為艷紅多汁的草莓（strawberry）是上帝的傑作，羅馬人甚至以為草莓可以治療任何疾病，從牙痛到胃病都立即見效。從十三世紀末期，西方人就開始種植草莓，到1850年，美國人突然興起一股「草莓熱」，不論是做甜點、湯、酒，甚至連洗澡都使用。直到現在，草莓還是一般人最愛的莓果（berry）。

　　其實莓果的種類多達數千種。除了一般人最愛的草莓，還有藍莓（blueberry）、歐洲越橘（whortleberry）、越橘（bilberry）、薩克頓莓（saskatoon）、越橘類（huckleberry）、波森莓（boysenberry）、鵝莓（gooseberry）、桑椹（mulberry）、紅莓（redberry）、覆盆子（raspberry）、黑莓（blackberry）、西洋接骨木果（elderberry）、貞節莓（chasteberry）等等。果莓種類多到令人意外，所以想要認識所有的果莓幾乎是不可能的，也沒有必要。只要知道西方人在吃草莓時總會添加一些奶油，或浸在酒中，或做成各種甜點，很少人會將草莓當作水果直接吃的，如此一來，對於草莓家族妳就會多一點了解。

English Breakfast

£30

Selection from the breakfast buffet with the addition of
one of the following;- 2 eggs cooked to your choice, served with back bacon or honey
roast ham, with Cumberland sausage
or black pudding, grilled mushrooms and vine tomatoes

or

Omelette of your choice

or

Grilled kipper

or

Poached smoked haddock

Buffet Breakfast

£28

Continental breakfast with a selection of the following
fresh fruit, cereals, cold meat platter, cheeses, fruit compotes
& home made breads

The Healthy Breakfast

£25

Apple, cucumber, celery & ginger juice
Muesli
Scottish smoked salmon on sunflower black bread
and cottage cheese
Fruit plate
Ritz blend coffee, Indian or china tea

Fruit and Vegetable Juices

Freshly squeezed orange or grapefruit juice
Chilled apple, tomato, prune or cranberry
£7.50

The Breakfast Energy Juice

Apple, carrot, ginger and orange
£9

Peach Latte

Papaya, skimmed milk, pineapple, peach with ice and lime
£9

Prices include Value Added Tax and service

Continental Breakfast
£25
Chilled freshly squeezed juice of your choice
A selection of freshly baked croissants, Danish pastries,
White, wholemeal or soda bread served with Duchy Originals strawberry jam or thick
cut marmalade
Ritz blend coffee, Indian or china tea

Breakfast Specialities
Includes Tea or Coffee and Viennoiseries

Eggs Benedict
£24
Poached eggs on toasted English muffins with Hollandaise sauce
and rashers of crisp bacon or ham

Haddock Monte Carlo
£25

American style pancakes with maple syrup and fresh berries
£24

Sirloin steak with fried eggs, mushrooms and tomatoes
£28

Grilled vine tomatoes with field mushrooms
on toasted wholemeal bread
£23

Oak smoked Scottish salmon with scrambled eggs and chives
£26

Smoked Haddock Kedgeree
£26

Grilled fillet of sole with lemon and parsley butter
£32

The Ritz Breakfast ingredients are sourced from the finest specialist
suppliers across the British Isles –

Bacon from Cumbria, specially made jams from Duchy,
soda bread, brown yeast bread, muesli and granola.

Our unique blend of Arabica coffee beans are selected and roasted from Central and South
America to give a rich elegant coffee
with a caramel after taste

Prices include Value Added Tax and service

午餐

在現代社會，我們都習慣稱西方的午餐為LUNCH，但是午餐一開始卻是叫做DINNER，也就是現代人所謂的晚餐。到底什麼時候該叫做LUNCH，什麼時候該稱為DINNER，無論是對於古代或現代的西方人，都難以分辨二者的區別，時常感到困惑不已。

先從文字的演變來看，在英國歷史上最早出現的午餐字眼是在中世紀末期（1353），當時人用NONECHENCHE來稱呼午餐，意思是中午（NONE＝NOON）加一杯酒（CHENCHE＝DRAUGHT）。到了1422年，出現了NUNCHEON這個字，指的是工人超時工作，雇主要付出額外的誤餐費（noonchyns），也就是給工人一些麥酒與麵包當作逾時的午餐。到了莎士比亞時期（1564~1616），也有人用NUNTION來稱呼這樣的午餐費。1591年，英國都鐸王朝末期，西班牙文中出現了LONJA這個字，意思是火腿片。十七世紀，LUNCHES這個字出現了，意思是將麵包切成一小片一小片，所以LITTLE LUNCHES就是指一片片的麵包。直到喬治王時期（1829），出現LOUNGE這個字，意思是指一團東西如一塊麵包或起司。同一年，LUNCH這個字正式出現在英國人的語言當中。

文字的演變如此複雜，代表著文化的演進也一樣繁瑣複雜。LUNCH與DINNER這兩個字一直交替著出現在英國人中午用餐的字

眼上。中世紀的英國，早晨吃的就是早餐BREAKFAST，中午時分吃的叫DINNER，黃昏時分，睡覺之前吃的叫SUPPER。中世紀的英國貴族所吃的午餐（DINNER）就是在中午或一點左右吃的，這樣的盛宴通常是為了招待貴賓或顯示財力與權威，而僕人通常要在早上十一點就開始準備。至於中產階級或小商人吃午餐的時間就比較晚，為了不耽誤工作，他們吃午餐的時間通常是下午的一兩點，吃完就馬上趕回去工作。他們所吃的午餐包括麵包、湯、派，也會吃到肉跟魚，旁邊也會有僕人伺候。窮人則一大早約六點左右就起來工作，直到中午十二點才有機會吃午餐，他們吃的食物有麵包、粥、豌豆或豆子，偶而還有甘藍菜、蕪菁或洋蔥。甚少時候才會吃到魚、肉或起司。總之，午餐就是一天當中最正式的一餐。

　　午餐會從一天當中的正餐（DINNER）演變為一天當中輕便的午餐（LUNCH），跟社會的發展也有相當的關係。在中世紀的英國沒有電燈，照明用的燭光、油燈等等器具都非常昂貴，除了富裕的貴族階級，一般人根本用不起。大部分人都是天黑了就睡覺，因為在黑暗中無論是吃東西或工作都不方便。因此晚餐（SUPPER）都是匆匆吃完就休息了。所以一天當中能夠正式吃一頓飯的時刻只有中午時分。唯一例外的是一些忙碌的政客或商人，通常回到家才有機會吃正餐，這時已經是下午五六點了，這時所謂的DINNER就變成黃昏時吃的正餐。大約從中世紀到莎士比亞的時代，人們開始用NUNCHEON稱呼早餐與午餐（延誤了的DINNER）之間的額外餐點。收穫季節，工人延誤了午餐時間，也會獲得額外的補償稱做NUNTION，也就是給一點麥酒與麵包當作誤餐費。

Queen Elizabeth I's mince pie
伊莉莎白女王的百果肉餡餅

英國學者約翰多佛維爾森（John Dover Wilson 1881~1969）在《莎士比亞時期的英倫生活》（*Life in Shakespeare's England: A book of Elizabethan prose*）一書中，記錄了伊莉莎白女王時代，上流社會在吃正餐時有一道百果肉餡餅（mince~pie），做法如下：

取一隻羊腿，將精肉割下來，預煮一下，然後加入三磅的上等羊脂，剁成碎塊，再攤平開來，以胡椒、鹽、丁香、肉荳蔻調味，然後放入大量洗乾淨的紅醋栗、葡萄乾和李子乾、一些切成片的椰棗，和一些切成片的橘皮。

將所有佐料與切碎的羊肉混合攪拌，然後放入做成方形、上方有開口的麵團中央，放進烤箱烤熟。烤好時，打開麵團上方開口處的麵皮蓋子，在肉上灑一些糖，蓋上，外表再灑一些糖，這就是一道美味的百果肉餡餅。你也可以用這種方法烤牛肉或小牛肉，牛肉不需預煮，小牛肉則需要雙倍的牛油。

1. Lobster Caesar salad with shaved Parmesan cheese and crisp croutons
   龍蝦凱撒沙拉佐義式帕米森起司
2. Roasted lobster bisque with sweet potato
   龍蝦甜薯濃湯
3. Spiced tomato seafood spaghetti with lobster, scallops, prawns, clams, and mussels
   龍蝦海鮮蕃茄義大利麵
4. Fresh strawberries and mascarpone cheese with coconut ice cream
   草莓義式乳酪慕絲佐椰香冰淇淋
5. Freshly brewed coffee
   新鮮濾泡咖啡
6. Various Italian breads: bread sticks, flat bread, garlic and fennel roll in a bread basket
   各種義大利麵包：麵包棒、脆皮麵包、大蒜與茴香麵包
7. Water glass
   水杯
8. Wine glass
   酒杯
9. Olive oil in bottle with spout
   帶油嘴的橄欖油罐
10. Sea salt grinder
    鹽罐
11. Creamer
    奶油罐

Ladies' meal
淑女的午餐

資本主義、殖民地政策與工業革命（1750~1850）改變了人們的生活，需要工作的中產階級越來越多，一般人也比較負擔得起照明費用，晚上的活動開始增加。過去莎士比亞的戲劇必須在光天化日之下演出，現在夜晚也可以欣賞了。而這時的貴族階級變成有閒階級，起床起得晚，用餐時間也越來越晚。在1730年代，上流社會在下午三、四點吃午餐（DINNER），到了1770年代，已經變成了四、五點才吃午餐（DINNER）。

到了1790年代，貴族階級大約是在十點或中午才起床，他們吃早餐的時刻正好是他們的祖父母吃午餐的時刻。然後他們外出散步，跟人打招呼時說的是：「早安！」等回到家中時，所謂的「午餐」（DINNER）已經是下午五、六點的事了。原來的「晚餐」（SUPPER）繼續往下延，變成晚上九點到凌晨兩點才吃了。雖然貴族階級過著晨昏顛倒的日子，但是一般的僕人、工人或婦人、小孩仍然起得早，維持正常的用餐時間。

工業革命之後，1800年代以後，上流社會的「午餐」（DINNER）正式移到晚上的六七點，對於早起的工作者或小孩、婦人來說，等待吃正餐的時間未免太長了一點，在1810年代，人們開始在早餐與晚上的正餐之間吃一點三明治與糕點，這樣的午餐也被稱做「淑女的餐點」（Ladies' meal）。不過，一般高貴的紳士是不會吃這種食物的。

至於中下階級的人們則仍然保留中世紀的習俗，一天照常吃三餐。但是到了十八世紀末期，社會型態的改變使他們的工作時間拉

長，他們不再有充裕的時間在中午吃正餐，一天當中的正餐被延遲到工作完畢，晚上六點之後才吃，於是貧富懸殊這件事終於在午餐（DINNER）的時間上取得了共識。而DINNER也變成了晚餐（或正餐）的正式稱呼，結果LUNCH取代了DINNER，成為一般人對午餐的通稱了。

Earl of Sandwich's surprise discovery
三明治伯爵的意外發現

EARL OF SANDWICH.*

約翰‧蒙特格（John Montagu，1718~1792）是第四代的三明治伯爵（Earl of Sandwich），年僅十一歲時，就從祖父那兒繼承了伯爵的頭銜，一生當中最著名的功業為發明三明治這種食品，發現了夏威夷群島，以及將畢生貢獻在賭博上。

三明治伯爵在牌桌上賭博時，經常一坐就是好幾個小時，根本沒有時間下桌吃正餐。有一天他肚子餓得受不了了，就要僕人給他拿兩片麵包，中間夾一些肉跟起司，做成很容易拿著吃，又不會打斷牌局的食物。沒想到這種新吃法竟然大受歡迎，1762年，這種新食物就以他的名字為名，被稱做「三明治」。而三明治因為製作方便，容易攜帶，也成為一般人外出工作時的午餐食品。這種三明治跟斯堪的那維亞人吃的開口三明治不同之處，在以麵包夾住食物，上下層都是麵包，用手拿著時不會碰到肉。開口三明治則是麵包上放著肉與生菜等，要吃的時候必須用刀叉，不像三明治那麼方便。

Great Gatsby and junk food
大亨小傳與垃圾食物

　　1925年，既是天才又是頹廢浪子的作家費滋傑羅（F. Scott Fitzgerald 1896~1940）寫了一本嘲諷美國上流社會的作品《大亨小傳》（*The Great Gatsby*）。在他生前，這本書並沒有受到應有的重視，一直到他死後，大家才認可他是美國偉大的作家，這本書也成為西方經典名著。

　　《大亨小傳》透過一個名叫尼克的年輕小夥子的眼光，來看隔壁的大亨蓋茲比揮霍無度的生活。第三章描寫著：「花園宴會中的自助餐桌上擺滿了亮晶晶的冷盤，五香火腿旁邊是精緻的生菜沙拉，金黃的烤乳豬、烤火雞……」是典型的正式餐點。此外書中還不時提到蓋茲比叫外賣三明治之類的速食來當晚餐。費滋傑羅喜歡在文章中將商品的品牌名稱寫出來，影響所及，美國作家唐德里諾（Don DeLillo）在1984年也模仿《大亨小傳》寫了一本《白之吵雜》（*White Noise*），書中便提到垃圾食物（junk food）──洋蔥圈、洋芋片、花生醬三明治等等食物的品牌名稱。因此《大亨小傳》一書可說是「垃圾食物」這個概念的源起。

Rich and Poor
貧富之分

　　對英國人來說，食物就代表著階級的差異與貧富的分野。從羅馬人統治英國的年代（43~400AD）開始，窮人與富人之間所吃的食物就有很大的差異。窮人可以選擇的食物很有限，每天吃的是粗糙的麵包、一點豆子與豌豆湯，偶而才能吃一點肉。住在鄉村別墅裡

的富人則可以吃到各式各樣的豐盛食物，有家庭手工製的麵粉，新鮮的麵包，自己菜園中種的蔬菜，還有一整片的蘋果、梨子、櫻桃與梅子樹。莊園中還養著豬、羊、牛，另外不時還有漁獲與野生獵物。蜂蜜是當時的天然甜味調料。當時的人將粗糖當作是藥物，生病的時候才會吃，平時醃肉或水果都是用蜂蜜調味，蜂蜜還能製成類似啤酒的飲料，偶而也會做成蜂蜜蛋糕。起司則有各種不同的口味，煙燻的起司最受歡迎，可以用來做麵包或口味奇特的蛋糕。總之，富人餐桌上的食物可說是應有盡有，豐盛無比。

　　這個時代的英國人早晨只吃一點麵包、水果等輕便的早餐（light breakfast），午餐在拉丁文稱做PRANDIUM（既是DINNER也是LUNCH），則是冷食——蛋、魚與蔬菜，吃的時候搭配一種水和酒混合起來的發泡飲料。通常一天只吃一餐熱食——晚餐時才吃得到熱食。

　　維京人進入英國之後（約700~1100年間），也保留了午餐吃冷食的習慣。不過當時的人是一天只吃兩餐，接近中午時分及晚上各吃一餐，直到現在的丹麥人與挪威人還是一天只吃一餐熱食，午餐通常是冷的麵包，稱做SMORREBROD，意思是奶油麵包（buttered bread）或被稱做開口三明治（open sandwich），通常是在吃早餐時，順便帶一些奶油、麵包及一些食物，帶到學校或辦公室當作午餐。這種開口三明治的做法是拿一片裸麥脆麵包，上面塗奶油，疊放上生菜、冷肉、醃黃瓜等。冷肉、醃魚等可以捲起來，疊得高高的，還可以加香草、蕪菁、蕃茄等等，份量剛好夠午餐時吃，至今在挪威或丹麥街頭也可以買到這種簡便午餐食物。至於瑞典人的習性則稍有不同，他們習慣一天吃兩頓熱食，午餐吃的不多，但也有煎蛋捲之類的熱食。孩子們在十一點左右回到家，也會在家中吃熱食。

Smorrebrod recipe
開口三明治

材料：

1片 裸麥脆麵包

1/2片 燻鮭魚

20g 蒔蘿沙拉醬

（少許美奶滋加蒔蘿攪拌即成）

1-2片 新鮮生菜葉

蘆筍或小蕃茄作裝飾

奶油少許

做法：

1. 在脆麵包上塗奶油。

2. 將生菜葉片放在上面。

3. 加上鮭魚片。

4. 在鮭魚片上加上沙拉醬。

5. 用蘆筍或蕃茄作裝飾，
   即可食用。

Famous lunch quotes
午餐名言

Nobody has lunch with the Devil, not even with a very long spoon!

就算是用再長的湯匙，也沒有人跟魔鬼吃過飯！

——前法國總理（1976~81）雷蒙巴爾（Raymond Barre）

Enemies? They don't exist. They are just people whom you haven't had lunch with yet.

敵人？根本沒有這回事。他們只是一些還沒有跟你一起吃過午餐的人。

——法國作曲家讓諾安（Jean Nohain）

The common people eat lunch and the middle-class dine, while the nobility have supper. The stomach wakes up earlier or later, according to one's place in society.

普通人吃午餐，中產階級吃正餐，上流社會則吃晚餐。一個人的肚子餓得早或晚，完全看他的社會階級而定。

——法國自然主義作家龔固爾兄弟

（Edmond and Jules de Goncourt 1851~1870）

Upper class lunch
上流社會的午餐

到了伊莉莎白女王的年代（1533~1603），早餐還是吃得簡單，一天當中的主食是午餐（仍稱做DINNER），大約從十一點開始，延續三個小時，因為中午已經吃了很多，晚餐（SUPPER）就是在六點鐘左右吃的點心。至於窮人通常是在中午十二點時吃午餐，晚上七、八點才能吃到晚餐（SUPPER）。到了斯圖亞特王朝（1603~1713）中期，根據山謬·拍普（Samuel Pepys）的日記，上流社會的一頓大餐包括了兩尾醃鯉魚、六隻烤雞、一個鮭魚下巴、一瓶鮮奶葡萄酒、兩個牛舌與起司，另外還有傳統的鵝派、奶油蝦、烤乳鴿、醉

牡蠣等等，可想而知，這樣吃下來，腦滿腸肥，飽食終日，一天當中絕對做不了什麼事了。

到了喬治王時代（1714~1830），上流社會吃的午餐更豐盛了。英國作家珍·奧斯汀（Jane Austen 1775~1817）曾經寫信給姊姊卡珊德拉（Cassandra），說她吃了太多羊排，經常需要吃大黃（rhubarb）幫助排泄，還因為腦中總是想著這些事，都寫不出文章來了。其實從珍·奧斯汀出生的背景可以看出來，她的家庭絕對算不上富裕之家，只是中產階級，但根據當時的記載，一般小康之家的一頓午餐就可以吃掉「十二隻炸比目魚、一整條烤羊腿、煮過的火腿、三隻雞、豆子、梅子布丁、嫩馬鈴薯」，這還只是第一道菜。第二道菜是：「一些鴨肉、豌豆、覆盆子奶油醬、紅醋栗與鵝莓塔、黑醋栗小餡餅」。甜點則包括：「法國橄欖、覆盆子、三種櫻桃、草莓與白醋栗」，所有這些食物都是搭配著家中自釀的美酒一起享用的，也難怪吃了這些大餐之後，需要一些幫助腸胃消化的藥物了。

進入維多利亞女王時代（1837~1901）初期，生活完全改觀，糧食缺乏，健康問題困擾著整個社會，當時的窮人所吃的午餐只有四盎司的培根、三盎司的麵包或馬鈴薯──約為四小片培根、兩片吐司的份量。這樣的現象一直持續到1850年代，工業革命的成功帶來了新興的中產階級，社會的階級與角色秩序改變了。工人階級的簡單午餐（LUNCH）終於全面取代了貴族的豐盛午餐（DINNER），而成為今天大家所熟知的午間飲食。

Rhubarb tea for weight loss
大黃瘦身茶

目前在台北的超市中也可以買到新鮮的大黃（rhubarb），稱作紅唐蒿，以下是大黃瘦身茶的基本做法：

材料：（8人份）
新鮮大黃8根
水8杯
糖1/3杯

做法：

1. 將大黃切成八公分長。

2. 將大黃放入鍋中，加水煮開，再用慢火燉一小時。

3. 將大黃汁過濾後，加入糖調味，即可飲用。喜歡冰涼飲料的人，可以加入冰塊飲用。

夏朵攝影

鳴謝：Toscana義大利餐廳（台北西華飯店）徐欽敏攝影

TOSCANA
Business Lunch Set Menu (A)
義大利餐廳商業午餐

Daily Home Made Tagliolini with Shrimps, Tomato and Fresh Oregano
手工細板麵襯炒蕃茄鮮蝦,俄力崗葉

Roasted U.S Prime Bone-less Short Ribs with Spaetzle and Jus
炙烤頂級美國去骨牛小排襯炒麵疙瘩佐肉汁

Oven Baked Cod Fillet on the Bed of Sautéed Orange Flavored Red Cabbage and Green Zucchini with Black Truffle Vin Cotto
爐烤深海鱈魚襯香橙風味紫高麗佐黑松露油醋

Selections of Antipasti and Salad from Buffet
自助式冷開胃菜及沙拉吧
***

Choice of Daily Soup
主廚例湯
***

Daily Home Made Tagliolini with Shrimps, Tomato and Fresh Oregano
手工細板麵襯炒蕃茄鮮蝦,俄力崗葉
Or 或
Roasted U.S. Prime Bone-less Short Ribs with Spaetzle and Jus
炙烤頂級美國去骨牛小排襯炒麵疙瘩佐肉汁
Or 或
Oven Baked Cod Fillet on the Bed of Sautéed Orange Flavored
Red Cabbage and Green Zucchini with Black Truffle Vin Cotto
爐烤深海鱈魚襯香橙風味紫高麗佐黑松露油醋
***

Selections of Fresh Fruits and Desserts from the Buffet
各式自助甜點吧
***

Freshly Brewed Coffee or Tea
現煮咖啡或紅茶

NT$ 980 per person plus 10% service charge (Pasta)/選擇麵食為主菜每位NT$980
NT$ 1,150 per person plus 10% service charge (Fish or Meat)/選擇肉類或海鮮為主菜每位NT$1150
以上價格均需另加一成服務費

Lunch box & picnic

午餐袋與野餐

工業革命帶來了工廠、火車、汽車等等，交通的便捷與照明設備的方便，使人們一整天的生活幾乎都被工作綁住了，而且通常是要到離家有一段距離的地方工作，午餐不可能再像中世紀那樣回家吃或花較長的時間吃正餐，帶一點輕便的食物如三明治等等到工作的地點去吃，變成大家保留至今的習慣，而午餐袋也成為每個人上班或上學時手中必帶的物品。這樣的袋子通常是紙製的，裡面裝著三明治、蘋果、胡蘿蔔條、葡萄乾及果汁等。也有的主婦為孩子準備了午餐盒（可能是塑膠製或鐵製的），裡面還有一個小小的保溫瓶，可以裝果汁或牛奶。

Victorian picnic 維多利亞時代的野餐

維多利亞時代的上流社會強調優雅高貴的氣質，一天的飲食當中，午餐算是最不入流的一餐，原因就是午餐是要帶出去吃的，尤其是以「野餐」（picnic）的形式出現時，氣質實在高雅不起來。據說PICNIC這個字源自法文的PIQUE-NIQUE，PIQUE意指拿著食物到外面吃，而NIQUE只是取其音。但也有人相信「野餐」這個辭源本來自德文，最早出現在英文中是1748年的事，但直到十九世紀，這個稱謂才普遍起來。一開始只是朋友聚在一起跳跳舞、吃吃東西，如果天氣很好，他們就會到戶外去舉行這樣的活動，而每個客人都會自己帶一些食物來。到後來經常會有客人帶同樣食物的困擾，於是有人建議最好統一準備食物，在1861年的一本食譜《家政管理》（*Book of Household Management*）上，就出現了為四十個人準備的野餐食譜。

Class by bread
麵包的階級制度

在羅馬人統治時期（約在200AD），羅馬式的廚房設備也進入了英國人的家中：高與桌齊的石砌爐床，上面燒著炭火，家中所有的烹飪工作都是在這個大爐床上完成的。當時所使用的工具不是有三支腳架的鐵器，就是炭烤的鐵架。另外還有石桌或木桌是用來準備食物用的。還有一種泥製火爐則設計成半圓形的蜂巢狀，中間挖一個洞，中央燒炭火加熱，等熱度升高時，再將炭火移開，放進肉類或麵包，加以烘焙。

到了盎格魯薩克遜時代（10~11世紀），家庭中大部分的食物仍然是在這種羅馬式爐床（hearth）上的大鍋中烹調出來的。麵包是在土窯中烤出來，或用煎鍋煎出來。當時的窮人只能吃到一點點肉，而越有錢的人吃的肉越多。到了都鐸王朝（1400~1600），一般人所吃的三樣主要食物為麵包、啤酒跟肉（通常是牛肉或羊肉），一天也會吃三餐——早餐、午餐（這時稱為DINNER）、晚餐（SUPPER）。早餐是一大早吃的簡單食物，午餐則是一頓大餐，從十一點吃到下午一點。晚餐（SUPPER）則是在下午五點到八點之間吃的，至於吃的時間要看你的社會階級而定。工人階級通常要等到工作完畢，七、八點才能吃到晚餐。

在都鐸王朝（1485~1602）時期，每個人都吃得到起司與麵包，唯一的差別在品質之間的高下。譬如一般的販夫走卒吃的是「手推車麵包」（carter's bread），是裸麥與小麥混合的雜糧麵包，中產階級吃的是「僕役麵包」（yeoman's bread），是用全麥做的粗麵包。上流社會吃的則是「貴族麵包」（marchet），是用全白的精製小麥粉做的。至於肉類則是煙燻、乾燥過的冷肉，其中培根是一般窮人最常吃的肉類。另外還有乾鱈魚、醃鯡魚也是常見的食物。在這個年代已經出現各種的豆類、豌豆、胡蘿蔔與洋蔥。蘋果、梨子、草莓、櫻桃等都是餐桌上常見的水果。不過通常只有夏天才能吃到多樣化的食物，冬天只能吃點乾燥的肉類。也因為這樣的飲食習慣，不論是窮人或富人全都營養不良，缺乏維他命C，許多人罹患了壞血病。在1550年代及1590年代，甚至發生過兩次因糧食缺乏而引起的大饑荒。

Fish and chips
炸魚和薯條

　　炸魚和薯條（fish and chips）是英國人偏好的午餐美食，吃的時候時習慣加鹽、醋和蕃茄醬一起吃。炸魚和薯條是在不同時期出現的。薯條的原料是馬鈴薯，十七世紀法國人將馬鈴薯削片放入熱油中炸，稱作炸馬鈴薯（fried potatoes），即是現今薯條（French fries）的老祖宗。不過，也有人認為，是比利時人發明的，英國人則叫做chips，而目前在美國大多數人叫做French fries。雖然同樣是炸薯條，在各國的做法還是稍有不同，法國人是將馬鈴薯削成片狀，英國是切成條狀炸，比麥當勞賣的薯條還要粗四倍。

　　炸魚的名稱是源自於十九世紀英國小說家狄更斯（Charles Dickens），在《孤雛淚》（Oliver twist）一書中他提到炸魚店（fried fish warehouse）這樣的名稱，此後這個稱呼逐漸漸為大眾所接受。第一家炸魚與薯條店（fish and chips shop）是在1860年由喬瑟夫馬利（Joseph Malin）在倫敦科壘佛琅德街開設，而在1863年利茲先生（Mr. Leeds）在北英格蘭的蘭格郡，摩斯里也開設一家，店主還在店門口的玻璃上寫著：「這是世界上第一家炸魚與薯條店」，頗有和倫敦那家爭排名的意思。目前英國各地共有8,500家，數量比麥當勞還多八倍。炸魚和薯條中的炸魚的魚種，通常是選用鱈魚（cod）或黑線鱈（haddock）。

　　十九世紀，炸魚和薯條不僅是大眾化飲食，也是民眾日常重要營養來源，尤以在工業革命期間，其高熱量又普遍性的特性，是英國人家庭裡餐桌上每日必有的食物。1931年，英國在午餐尖峰時刻，炸魚和薯條店前排隊買的人多到要請人來維持秩序。上班族只要花一英鎊（約台幣五十元）點一份薯條當午餐，就可以填飽肚子，既經濟又實惠。每一年英國會還會投票選出年度最佳炸魚和薯條店。一項調查報告顯示，百分之三十的英國人連去國外渡假時，也在懷念其滋味。

Changing lunch times
午餐時間的困擾

關於午餐的名稱問題，不只困擾著英國人，遠在大西洋彼岸的美國人也有同樣的困擾。許多英國移民是在1776年之前移居到美國的，在那個年代，大部分的英國人還是保持著午後一兩點吃午餐（DINNER），黃昏時分吃晚餐（SUPPER）的習慣。所謂的LUNCHEON在當時還不普及。尤其是英國開始工業革命時，留在美國的英國人並沒有實際的參與，因此許多居住在美國的英國人還是保留著中世紀的習俗。十九世紀初期，波士頓的上流社會居民仍然

在早上九點吃早餐，兩點吃午餐（DINNER），晚上八點吃晚餐（SUPPER）。直到二十世紀，所謂的午餐（LUNCHEON）才正式出現在美國人的生活當中。

1922年，著名的生活專家艾蜜麗‧波絲特（Emily Post）在她的書中提到LUNCHEON這個字，還是強調這是給小孩及婦人吃的。到了1945年，她在書中不得不說明了「午餐（LUNCHEON）是比較不正式的午間飲食，晚餐（SUPPER）也是比較不正式的晚間飲食，只有正餐（DINNER）是正式的，但可以在中午也可以在晚上吃。」到了1960年，她的孫媳婦伊麗莎白‧波絲特（Elizabeth Post）訂正她的說法為：不管午餐（LUNCH）正式與否，都是在中午吃的一餐。正餐（DINNER）不論正不正式，都是在晚上吃的。原來的晚餐（SUPPER）變成可吃可不吃，主要是在開到較晚的晚宴中吃的一餐，而變成了宵夜的形式。由此可知，不論是午餐或晚餐，到底該如何稱呼這一天當中的兩次進餐時間，即便是專家也傷透腦筋呢！

除了英國人常吃的三明治（Sandwich）之外，美國人較常吃的午餐包括漢堡（Hamburger）、熱狗（Hot Dog）、生菜沙拉（Salad）與披薩（Pizza）。關於漢堡的來源眾說紛紜，其中有一說是1904年，聖路易斯商展上出現了這種麵包中間夾著牛肉塊的吃法，很快的這種食物就變成美國人的最愛。不過漢堡這個名詞卻是來自德國一個靠海的港口——漢堡（Hamburg）。十九世紀時，水手們帶回了一種俄國食物——生牛肉餅（beef tartare），德國人不喜歡吃生牛肉，有的廚師就將生牛肉煮熟，就成為今天大家熟知的漢堡。熱狗的來源也是各說各話，據說在1900年，一個寒冷的四月天，一位叫亨利史提夫的小販來到紐約的棒球場賣冰淇淋與飲料。他發現大家都想要買一點熱的東西吃，於是靈機一動，將德國香腸塞進熱麵包裡面，然後叫賣：「又紅又熱的臘腸犬香腸！」結果大受歡迎。當場有一位

棒球迷，也是漫畫家，多昆（T. A. Dorgan）便畫了一幅卡通——麵包上的臘腸犬，從此每個人都稱這種麵包爲「熱狗」。

在拉丁文中，香腸（Sausage）意味著「用鹽醃」或「醃製」，而沙拉（Salad）則表示用鹽調味，意思是要做美味沙拉的要件就是用鹽來調味。不過目前的沙拉種類繁多，包括希臘沙拉（Greek Salad）、凱撒沙拉（Caesar Salad）、沃多夫沙拉（Waldorf Salad，紐約著名旅館中的名菜）、尼斯沙拉（Salad Nicoise，來自法國南部尼斯）、捲心菜沙拉（Coleslaw）、美式沙拉（US Salad）、果凍沙拉

Caesar salad Improvised
即興創作的凱撒沙拉

凱撒沙拉是全世界最受歡迎的一種沙拉。發明凱撒沙拉卻是一樁意外事件。1924年的一個週末，在墨西哥的蒂阿娜開餐廳的義大利廚師凱撒·卡汀尼（Caesar Cardini）很煩惱，他的餐廳是好萊塢的名流明星聚會的地點，偏偏那一天的食物貨車沒有來，眼看著就無法出菜了，這時他急中生智想出一個點子——拿一個木缽，放一些青菜、蛋、鹽魚與調味料，端到客人桌上當場料理起來。客人覺得很新奇，嚐過味道後也讚不絕口，凱撒·卡汀尼就這樣發明了「凱撒沙拉」。

凱撒沙拉流傳至今，做法歷經千變萬化，重點就在可以即興創作，不需要太墨守成規。以下是其中一種做法：

材料：

1顆羅曼萵苣（romaine）
1/2杯磨碎的帕馬乾酪（Parmesan）
1/4杯切成細絲的帕馬乾酪

夏天攝影

（Jell-O）等等。

　　就跟沙拉一樣，沒有人眞正的知道誰發明了披薩，只知道從中世紀開始，埃及人、希臘人及羅馬人就在吃跟今天類似的披薩了。不過全世界公認最正統的披薩來自拿波里，據稱最早開張的披薩店（1830）也是在這裡，店名爲「Antica Pizzeria Port' Alba」，至今仍在營業。在美國只有九家店受到拿波里披薩的認證。不過，不論是否經過專家認證，美國隨處可見的披薩店已經證明了披薩是午餐的最佳選擇。

1個蛋
1小罐鯷魚（anchovies），剁碎
1/2杯純橄欖油
1茶匙鹽
2顆大蒜，剁碎
1/2湯匙芥末
2 湯匙檸檬汁調料（1茶匙烏斯特郡醋汁 worcestershire sauce、1茶匙芥末、1茶匙檸檬汁）
磨碎的黑胡椒少許
油煎碎麵包少許

做法：

1. 將萵苣洗過後，切成塊狀，瀝乾水分。

2. 將碎麵包煎成金黃色。

3. 用大蒜將木缽內先拭擦一遍。

4. 將蛋黃、大蒜、芥末、鹽、檸檬汁調料與鯷魚用力攪拌成糊狀。慢慢加進橄欖油。如果加得太快，就無法製造出細膩的潤滑感。

5. 將做好的醬汁加入生菜當中，一開始只加四分之三，如果有需要再繼續加。最後加入起司、黑胡椒、碎麵包，然後攪拌一下即可。

Alain Quinault 攝影

Nail soup
釘子湯

　　這是流傳在瑞典的民間故事，據說在春分時期（vernal equinox，三月二十一日）最適合說這個故事，或許就因爲其中含有激勵人心的意義，讓人聯想到春天是一個萬象更新，一切可以重新開始的美麗日子：

　　一個旅人走在瑞典的森林裡，除了一身骯髒的衣服與背包裡的一根生鏽的釘子，可說是一無所有。森林廣袤遼闊，他走啊走的，怎麼樣也走不出這面密林，眼看著天就要黑了，他非得找到一戶人家投宿不可。否則這樣的初春時分，露宿在外面可能會凍死的。就在這時候，他看到前面有一戶人家，煙囪中冒著裊裊煙霧。窮人快步上前，希望能借住一宿，還能得到一頓飽餐。

他敲敲門，一個老婦人來應門。老婦人不友善的問：「你從哪裡來？」

「我是從太陽之南，月亮之東來的，我遊歷了許多地方，現在要回家了。」

「你為什麼會到我這裡來？」

「我只想借住一宿。」

「我想也是。不過我丈夫不在家，我家也不是旅店，你最好找別的地方住吧！」

「老太太，我相信妳絕不是個硬心腸的人，人與人之間應該互相幫忙的，不是嗎？」

「互相幫忙？你真的聽過這樣的事嗎？誰幫助過我了？我家裡一口糧都沒有了，你最好另外想辦法！」

　　她的拒絕並沒有讓這個善良的旅人灰心，他還是繼續求情，最後老婦人終於軟化了，答應讓他住一晚，不過只能睡在地板上。他覺得她已經夠仁慈了，便衷心地感激她。他說：「在地板上睡不著也強過在森林中挨冷受凍。」

　　當他進屋之後，他看出來那個老婦人並不像她所表現的那麼惡毒，她只是貪婪又小氣，而且不停地怨天尤人。他盡量讓自己舒適一點，然後要求一點吃的東西。

「吃什麼？我今天一口也還沒吃到呢！」老婦人沒好氣地說。

旅人深表同情地說：「可憐的老太太，妳一定餓死了！我想妳可以和我一起吃一點東西了！」

「跟你一起吃？你看起來不像是有什麼東西可以與人分享的。我倒想看看你能給我什麼東西吃！」

「一個見過世面的人絕對比呆在家裡的人懂得多一點的事情。老太太，請妳借我一個鍋子好嗎？」

這個老婦人覺得很好奇，就借了一個鍋子給他。他在鍋中倒些水，然後放在火上煮。等到水煮開時，他從背包中拿出一個四吋長的釘子，在手中轉了三次，然後放到水中。老婦人緊盯著他問：「這是幹什麼？」

「我在煮釘子湯呀！」他邊說邊認真地攪動著熱水。

「釘子湯？」老婦人一輩子吃的苦可多了，卻還沒聽過有釘子湯這回事。「這對窮人來說是好事，我倒想學學怎麼做呢！」

他便說光看不夠，要她學著攪動熱水。他邊教她邊說：「有時我用一根釘子就能做夠喝一星期的湯。不過我想這個湯看來淡了一點，如果能加一點麵粉會更棒。但是既然我們什麼也沒有，淡一點就淡一點吧！」

「我有一點麵粉。」老婦人說著去找出一包麵粉來。他將麵粉放進湯中攪了一陣子，然後說：「嗯！現在味道出來了，不過如果能加點牛肉跟馬鈴薯會更棒！不過現在既然我們沒有這些東西，說了也是白說，味道差一點也無所謂了。」

但是煮湯煮出興趣來的老婦人可不想放棄，她翻出了一些馬鈴薯，還找到一點點碎牛肉來。她把東西加入湯中，熱心地翻攪著。「現在已經差不多了！」旅人在旁邊看著說，「不過如果能再加一點麥片跟牛奶，這樣湯的味道會連國王也給吸引過來呢！但是我們既然沒有這些東西，味道差一點就算了吧！」

「差一點也不行！我們煮的湯可不能輸給國王！」老婦人想起她還有一點麥片，而且她的母牛還沒有擠奶。於是她又在湯中加入這兩樣東西。旅人在湯中攪呀攪，終於他收起了釘子，然後說：「好了！我們可以準備吃了。不過國王跟王后在喝這種湯的時候都會配一杯酒跟一個三明治的，桌上也會鋪上桌巾，不過我們既然什麼也沒有，就不要太介意了！」

不過現在老婦人認為她的生活不比國王的差，她找出了一瓶酒，兩個杯子，一些麵包、奶油、醃牛肉，甚至在桌上鋪了塊小桌巾呢！她覺得非常的滿足，因為她不但學會了神奇的釘子湯，而且發現自己的生活不比國王差呢！他倆飽餐一頓，都覺得很開心！

吃完東西後，旅人準備倒地就睡。老婦人不肯，她說：「怎能讓你這種見過世面的人睡地上，你一定要睡在床上才行。」

「這簡直像是過新年一樣！我從沒碰過像妳這麼好心的人！」他心滿意足地倒頭睡去！第二天一大早，他起床時咖啡與牛奶都在等著他了。臨別時老婦人還給了他一把銀子。她真心地說：「謝謝你教我這麼重要的事。現在我會做釘子湯，我覺得自己變得好富有了！」

「是呀！一點都不難，只要隨時在湯中加一點東西就對了！」

老婦人看著他離去說：「這麼好的人不是到處找得到的！」

餐飲印字 The Garden of Eatin'—A Guide to Western Food

下午茶

英國的飲食史上，茶出現的時間甚晚，一直到斯圖亞特王朝（1603~1713）末期到喬治王時代（1714~1830），茶才從東方而來，歷經了許多的演變，最後成為英國人餐桌上最愛的飲料。其實英國人所用的茶TEA這個字，原本來自印度人稱呼的茶CHAR，而所謂的CHAR，又是來自中國人對茶的稱呼——TCHA或CH'A。一般來說，這個發音是來自廣東人的口音，但也有人認為TEA與閩南語發音的茶（音疊）類似。從十八世紀開始，中國茶慢慢演變成為英國人自己的茶，進而形成獨特的英式下午茶，最後又廣受東方世界的歡迎，卻是始料未及的。

早期在羅馬人統治的時代，人們喜歡在用餐時喝啤酒。十到十一世紀，盎格魯撒克遜時代，人們開始自製水果酒，如蘋果酒，餐桌上也出現了許多果汁，如蘋果汁、梨子汁、梅子汁，最特殊的是一般人也開始喝藥草茶，將藥草曬乾之後泡茶喝。在都鐸王朝（1400~1600），一般人還是習慣喝啤酒或法國進口的葡萄酒，當時的人認為水不乾淨，對健康有害。因此也不會有人想用水來泡東西喝。一直到喬治王時代，茶、可可、咖啡都從東方而來，英國人的飲料便起了革命性的改變。

1662年，英國國王查爾斯二世（King Charles II of England, 1630~1685）娶了葡萄牙的公主凱薩琳·柏甘察（Catherine de

Braganza 1638~1705）。當時查爾斯二世被流放到荷蘭，在荷蘭的首都生活成長。而第一次把茶帶進歐洲的便是荷蘭人。荷蘭人在1610年就已經開始喝中國茶，模仿中國人的發音來稱呼茶。這段期間法國人也已經感受到茶的魅力了。而葡萄牙與中國早已經有上百年的貿易往來，對於中國茶這種飲料也早已耳熟能詳。這對皇室夫妻結

West is black but East is green
紅茶或綠茶

中國人喜歡喝綠茶（green tea），英國人愛喝的卻是紅茶（Black tea）。據說紅茶含有更多的咖啡因，可以讓人精神振奮。其實紅茶與綠茶都是來自同一種植物——山茶科的茶樹（camellia sinensis），只是做法不同而已。紅茶是讓茶葉留在樹上氧化，然後發酵製成。綠茶則是趁新鮮時摘下，經過蒸餾，去除氧化成分，而得來的茶葉。

在1834年之前，全世界的茶葉都來自中國及日本。從十八世紀開始，許多人想辦法在中國境外種植茶樹，卻從未種活過。一直到1834年，英國人運用中國的茶樹、中國的勞工，終於讓茶樹在印度種植成功，印度的製茶工業自此展開。1838年，第一批英國人在印度製造的茶葉送到倫敦時，每磅要賣到2.25美元。在這之前，歐洲茶葉的價格奇貴無比，因為是新產品，又是進口貨，再加上擔心會影響到啤酒的產量，因此英國政府不斷加重稅收，最高峰時期，茶葉進口商要支付高達119%的稅金。譬如在1706年，湯瑪斯‧唐寧（Thomas Twining 1675~1741）設立的茶葉公司曾經出售過與今天市價相彷的中國珠茶（Gunpowder Green Tea），100公克要價292美金。另外一位靠著茶葉發跡的商人湯瑪斯‧立頓（Thomas Lipton 1850~1931），在1865年遠赴美國，賺了一點錢之後回到英國，開設一家雜貨店，專門賣茶葉。到1898年，他的運茶船已經在全英國的港口停靠了。總之，到了十九世紀中期，紅茶終於成為英國工人階級最受歡迎的飲料。目前全世界生產的茶葉當中，80%是紅茶，主要的消費者還是英語系國家。

婚之後，也很喜歡用中國茶當飲料。等到查爾斯二世回英國登基之後，也把他們愛喝的中國茶帶回到英國。從此，英國人開始認識這種異國飲料，慢慢喜歡茶的獨特風味，苦澀中帶點微甘，後來又發展出英國人自己的風味，如伯爵茶、英國早餐茶等等，中國茶自此風靡了整個英國，至今仍方興未艾。

The naming of Queens
紐約皇后區

紐約的皇后區（QUEENS）位於長島的西南方，1683年11月1日被命名為皇后區，這個皇后指的就是查爾斯二世的妻子，凱薩琳‧柏甘察。凱薩琳皇后出生於天主教的家庭，與英國的國教不合，英國國王根本不能為她加冕，兩人在英國的身分等於是尚未結婚。不過，這樁聯姻完全是政治與商業的因素，葡萄牙因此將印度的孟買與摩洛哥的丹吉爾贈送給英國，當作她的嫁妝。凱薩琳一生從未養育過一兒半女，查爾斯二世在外面情婦甚多，卻始終不肯與她離婚。查爾斯二世死後，她回到葡萄牙終老一生。而在紐約的皇后區，據說從1683年開始，就策劃要設立一座皇后雕像，原本預計要比自由女神像還要高，但是為了設立地點與雕像到底該面向或背向自由女神像，藝術家與民眾紛爭不已，後來又有人提出皇后一家人從販賣奴隸中牟利，為什麼還要為她立雕像？爭吵至今，這座雕像既沒有安置的地點，也一直未完成。

（上圖）穿上盔甲的查爾斯二世（Charles II, King of England）。©Archivo Iconografico,S.A./CORBIS

（下圖）凱薩琳‧班格查（Catherine of Braganza，1638~1705）。©Bettmann/CORBIS

1. Three-tiered cake holder
   三層蛋糕架
2. Lemon cake 檸檬蛋糕
3. Chocolate cake 巧克力蛋糕
4. Napoleon cake
   拿破崙派
5. Chocolate-covered donut
   巧克力甜甜圈
6. Cherry tart 櫻桃塔
7. Kiwifruit Danish pastry
   奇異果丹麥酥皮麵包
8. Croissant 牛角麵包
9. Walnut muffin 胡桃鬆餅
10. Prosciutto ham sandwich
    波斯可多生火腿三明治
11. Smoked salmon sandwich
    煙燻鮭魚三明治
12. Tuna fish sandwich
    鮪魚三明治
13. Mozzarella cheese sandwich
    馬自拉起司三明治
14. Strawberry tart
    草莓塔
15. Black tea 紅茶
16. Tea cup 茶杯
17. Tea saucer 茶盤
18. Napkin 餐巾
19. Creamer 奶油罐
20. Sugar dish with white
    sugar cubes
    糖盤與方糖
21. Brown sugar in sugar dish
    糖盤中的紅糖
22. Silver teapot with tea 銀質茶壺
23. Silver teapot with hot water
    銀質熱水壺
24. Tea strainer 濾茶器
25. Tea tray 茶盤

Tea tells what class you belong to
下午茶知道你的身分

　　在1699年，英國一年進口茶葉四萬噸，到了1708年，已經上升為二十四萬噸，越來越受歡迎的茶也逐漸取代了英國人原本愛喝的啤酒，再加上用煮開的水泡茶，保證茶的安全性，到了1750年之後，茶就變成英國人最愛的飲料了。在英國，茶不但是種飲料，更是種生活方式的表現。不同的階級與身分，就會有不同的喝茶法。早茶Early Morning Tea──茶與一些小餅乾，通常是在床上喝的。餐前茶Elevenses──大約在十一點左右喝的茶，搭配一些小餅乾或司康餅與奶油。1850年代，住在劍橋地區農村的小學生在放學之後，還要做農事。每天早上十一點及下午四點左右，他們得幫忙拿茶點到種植蕪菁的田地裡，好讓在工作的大人休息時可以吃些點心。這兩次農夫休息時的茶點就稱做餐前茶Elevenses及四點茶Fourses。

　　與餐前茶Elevenses類似的是茶休時間Tea Breaks──大約起源於十九世紀，工人從早上六點開始工作，雇主會讓他們在中間休息一下。大約在早上十一點左右，讓他們喝點茶，吃些點心。也有雇主會讓工人在下午茶時間休息一下。到了1741~1820年間，有些雇主認為太多休息會讓工人變得懶散，就主張廢除「茶休時間」，結果工人群起抗議，最後「茶休時間」被保留下來，一直持續到今天。在許多原本是英國殖民地的國家中，類似的勞工權益仍在。

　　下午茶Afternoon Tea──通常是貴族在下午四五點喝的茶，通常搭配黃瓜三明治、司康餅、奶油、果醬、蛋糕等等。傳統上用來稱呼上流社會在下午四點左右所喝的下午茶為低茶Low Tea，喝完之後他們會到海德公園散散步，怡然自得的享受高雅悠閒的生活型態。

　　從十九世紀開始，中低階級的人，尤其是蘇格蘭人，很喜歡喝

高茶High Tea，喝高茶的時間通常是一天當中較晚的時刻，大約五、六點左右，更像是一天的晚餐，餐桌上擺滿了麵包、肉、司康餅與蛋糕等等。更典型的高茶是以自助餐的形式呈現，包括烤豬肉、冷凍派（stand pie）、燻鮭魚、沙拉、奶油鬆糕（trifle）、果凍、檸檬起司塔、海綿蛋糕、胡桃蛋糕、巧克力捲心麵包、蜂蜜蛋糕（pound cake）、白麵包與黑麵包、醋栗茶蛋糕（currant teacake）、蛋塔（curd tart）、起司。

　　高茶與低茶的區別在於使用桌子的高度，低茶所使用的桌子比較矮，如同現代人所說的咖啡桌（coffee tables），或是擺在一個推車（trolley）上，而高茶則是在正式的餐桌上食用的。

　　除此之外，更有人以茶來代替晚餐的稱呼。至今在受到英國文化影響甚深的地區如紐西蘭，還有人會用「茶」代替晚餐，「喝茶時間」（Teatime）當作「晚餐時間」（Dinner time），如果紐西蘭人對你說：「你要不要來我家喝茶？」（"Would you like to come over for tea?"），很可能指的是晚餐，而不是下午茶呢！

Nursery tea song
搖籃曲

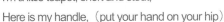

I'M A LITTLE TEAPOT

I'm a little teapot, short and stout,

Here is my handle，（put your hand on your hip）

here is my spout.（stick the other arm out straight）

When I get all steamed up, hear me shout!

Just tip me over and pour me out!（lean over in direction of spout）

我是一個小茶壺

我是一個小茶壺，矮矮胖胖，

這是我的把手（把一隻手放在臀部）

這是我的壺嘴（另一隻手伸出去）

等到裝滿蒸氣時，就會聽到我大喊！

把我倒過來，把我倒出來！（朝壺嘴方向傾斜）

Reading the leaves
茶葉算命法

　　發源自中國，傳到東歐之後變成吉普賽人算命的伎倆。要用茶葉算命需要使用底部平坦，白底的茶杯。葉片較大的茶葉較佳。喝茶的時候先許個願，或是想一個問題。喝完之後留下大約一茶匙的茶水與茶葉在杯中。用左手拿起茶杯，朝左轉三下。然後慢慢將茶杯倒過來，蓋在茶盤上。等茶葉倒到茶盤上之後，將茶杯拿起來，看看第一個圖形是什麼。這就是你的許願與疑問的回答。

茶葉圖形與解答：

錨——旅行

箭——壞消息

鳥——好消息或搭飛機旅行

貓——好運

圓形——信任與愛

弦月——改變

蛋——增加

刀——安排

狗——好朋友

老鷹——力量、克服逆境

眼睛——了解

魚——非常好運

叉子——改變方向

心——愛情

Tips from a tea garden
下午茶花園與小費制度

十七世紀，荷蘭人喜歡在有花園的小酒館中喝茶，稱做「酒館花園茶」（tavern garden teas）。英國人運用同樣的概念，發展出了下午茶花園（tea gardens）。紳士淑女們拿著茶來到庭園中，四周圍繞著各種的娛樂活動，包括管絃樂隊、綠蔭蔓生的涼亭、

散步的花徑、玩滾球戲的綠地、音樂會、賭博或晚上的煙火活動等等。原本不能參與公眾活動的英國女性因為下午茶花園的活動，而有了自由參與公眾事物的機會。等到下午茶花園變成更大眾化的花園時，英國的社會階級第一次突破了階級與性別，因為茶而融合在一起。

此外，在下午茶花園中，每張桌子上都放了一個上了鎖的小木盒，上面寫著「T.I.P.S.」，意味著「確保立刻服務」（To Insure Prompt Service）。也就是說如果客人想要快一點的服務（確保從遠處廚房送過來的茶還是熱的），就要丟一塊錢到木盒子裡，表示你需要「確保立刻服務」。而這也是西方世界有小費（tip）制度的濫觴。

A sinking feeling
下午有一種衰弱的感覺

　　雖然查爾斯二世早在1662年就將喝茶的習慣帶回了英國,但是許多人仍然將這樣的飲料當作是一種奢侈品,而且是屬於貴族階級的特殊藥品。上流社會的英國貴族紳士通常會在正餐之後,再到書房或畫室中喝飲料,抽雪茄,當時的茶就是其中一種可以自行點選的飲料。後來會演變為下午茶,卻跟一位女人有關:十九世紀初期,英國人還停留在一天只吃兩餐的時代——早餐與正餐(DINNER)。早餐只有吃一點麵包、冷肉與啤酒,正餐是一頓大餐,但必須要等到晚上八點左右,男人工作結束後才吃得到。這時有一位鮑德福公爵的妻子,安娜‧瑪麗亞‧史坦荷普(Anna Maria Stanhope 1783~1857)公爵夫人到鄉下去避暑,每到了下午接近黃昏的時刻,就會有一種很衰弱的感覺(sinking feeling)——其實就是肚子餓了,於是她就要僕人在五點左右準備了一些小蛋糕、麵包、奶油三明治、各種甜點,當然還有茶。因為安娜的哥哥維斯科特‧彼得斯蒙(Viscount Petersham)是個茶痴,他的起居室裡收藏了各式各樣的茶,安娜準備的餐點既然是新興的時尚,當然要搭配很時髦的東方茶才夠炫。於是她邀請朋友們來享用這特殊的餐點。那個夏天,這樣的午茶餐飲在貴族之間造成了話題。她回到倫敦之後,仍舊熱衷這樣的活動,還寄卡片給朋友,邀請她們加入「喝茶,再到鄉野散步」(tea and a walk in the fields)的行列。當然,當時的倫敦市區還不像今日這般車潮不斷,擁擠不堪,還有許多綠地可以讓貴婦人悠閒地散步。許多宴會女主人風聞到這樣的新時尚,立刻群起效之,最後便成為流行至今的下午茶,也是英國飲食文化的重要象徵之一。

　　第一位提到在紅茶中加入牛奶的是來自法國的侯爵夫人瑪麗‧

德・羅賓特－香塔爾（Marie de Rabutin-Chantal），她也是一位社交活動評論家，在1680年時曾談論過這樣的事情。來自牙買加的砂糖可能也是在這時候被加進茶中的。大約在1720年，沿著加勒比海的英國殖民地如牙買加、巴哈馬等地才開始大量種植甘蔗，生產蔗糖。將糖加進茶中調味，結果發現加了牛奶和糖的紅茶滋味迥異，芳美香甜，從此紅茶在英國人心中豎立了口碑。而在1700年，糖的消耗量在英國是每人每年四磅，到了1780年激增為每人每年十二磅。而英國烤麵餅（crumpets）、蘇格蘭的司康餅很快的就變成下午茶的點心。烤麵餅是用長長的，有把手的烤麵包叉子夾住，放在爐床上

貴婦人「喝茶，再到鄉野散步」（tea and a walk in the fields）。其他人群起仿效貴族，最後便成為所謂的下午茶，是英國飲食文化的重要象徵。©Brooklyn Museum/Corbis

烤，塗上奶油，然後擺在爐邊的盤子中保溫。

　　到了1840年，茶已經普及到可以擺在自助餐桌上，供人飲用，提神醒腦。桌上擺滿了蛋糕、薄麵包與奶油、小餅乾、冰淇淋、水果、三明治，銀製的茶壺中裝滿了熱茶。維多利亞時代初期，三明治還大多數是夾火腿、牛舌、牛肉等，到了1870年，黃瓜三明治（cucumber sandwiches）成為最普遍的茶點。在王爾德（Oscar Wilde）所著的輕喜劇《不可兒戲》（*The Importance of Being Earnest*，1895）中，談到黃瓜三明治是十九世紀初英國倫敦上流社會所吃的點心，男主人亞吉能特別請僕人老林為巴拉克諾夫人準備的下午茶點心。結果巴夫人來了，問起亞吉能幫她準備的黃瓜三明治在哪裡？老林說，他去了兩趟菜市場，都沒有黃瓜，就算有錢也買不到，亞吉能還特別因此事跟巴夫人致歉。可見當時社會確實有食物短缺的現象，因此而影響到下午茶的品質，對英國人來說可是大事一樁。

Ulysses' teapot
尤利西斯的茶壺

茶與英國人的生活有著密不
可分的關係。即便是英國的戲劇、電
視電影，甚至小說中處處可見茶的影子。出
生於愛爾蘭的詹姆斯・喬伊斯（James Joyce）在
自己的作品《尤利伊斯》（*Ulysses*）中，也忍不住寫
了許多跟茶有關的片段。譬如在第四章中，替報紙拉廣
告的男主角利奧波得布盧姆一大早起來，妻子就要他泡
一壺茶。他先燙了燙茶壺，涮了一遍，再放進滿滿四
湯匙的茶葉，斜提著開水壺往裡灌。然後他煎了腰
子，又看了信，紅茶才算泡出味來了。他把茶
倒進自己的杯子裡，杯子還是有皇冠圖紋
的瓷器……。

Cucumber sandwich recipe
黃瓜三明治

材料：

2 個黃瓜（去皮切片）

1 茶匙白醋

鹽少許

無鹽奶油（室溫）

24 片白麵包或全麥麵包

2 湯匙剁碎的青蔥

白胡椒少許

新鮮的蒔蘿（dill）少許

做法：

1. 將黃瓜片放在盤中，灑上鹽及醋，放置三十分鐘。

2. 將黃瓜汁濾乾，拍乾。

3. 在麵包的兩面塗上奶油。每一面中放進一點黃瓜片，直到十二面都放滿。

4. 灑上青蔥末，蒔蘿及白胡椒調味。再將兩片麵包夾起來，塗奶油面朝內，一共有十二份。

5. 用圓形切割器或小型玻璃杯來切割，一份麵包可切成三個，一共可以做三十六個圓形黃瓜三明治。如果是用中型的杯子來切割，則可做成十二個三明治。

Upper class tea ceremony
上流社會的茶道

　　傳統上，下午茶桌上要鋪桌巾，亞麻桌巾（linen）——也就是俗稱的雪白桌巾（snowy cloth），是一個家庭中非常珍貴的物品，當女主人去世時，還要寫在遺囑中，說明贈與某人等等。亞麻布整合了

桌上所有的東西，增添了光澤、圖紋與質感。只要有一櫃高雅的亞麻布桌巾，從冬天到夏天，你可以隨季節改變桌上的佈置，卻用不著更換茶具。正式下午茶會的亞麻桌巾包括了蕾絲花邊、亞麻布、緞帶、棉質刺繡等等。格子布、碎花布、不規則織紋、尼龍混紡棉質布等等，都是比較休閒風格的桌巾。

銀質茶具代表著身分地位與財富，因為從古羅馬時代開始，除了最窮的奴隸之外，幾乎每個人都擁有一兩把銀質的湯匙。買不起銀器的人，也會使用和銀器很像，但比較便宜的鍍銀或不銹鋼茶具來替代。而不管是貴重金屬或便宜的材質，茶具製造者總是想盡辦法不斷推陳出新，設計出嶄新的款式與花樣。因此，儘管不銹鋼、錫鉛合金、鍍銀茶具不像純銀茶具那麼正式，但看起來一樣美麗動人。

在十八世紀，上流社會的貴族最高級的享受就是擁有一套瓷器的茶具。茶具的主人通常會請畫師為自己畫一幅畫，手中拿著的正是珍貴的瓷器杯子。有些貴族還會用特殊的茶箱裝著瓷杯去參加下午茶會。其實英國人一開始喝茶的茶杯是從中國進口，沒有把手的茶碗（tea bowls），後來英國人也開始仿製這種茶碗。茶杯碟（saucers）在十八世紀出現，但過了一段時間才被大眾接受。但最初茶杯碟是的功能是用來當蓋子用，以免茶涼了。等要喝時才將茶倒到碟中，放涼一點才喝。因此英文中才有「一盞茶」（a dish of tea＝a cup of tea）的用法。1750年左右，圓形的茶壺取代了東方長形的茶壺。建築藝術大師羅伯特‧亞當（Robert Adam 1728~92）在1760年代為茶杯加上了把手，並增添了希臘、羅馬的圖紋，也使得茶具更有收藏的價值。

十八世紀高貴的英國女主人家中還有一樣非常特殊的物件——茶具抹布（tea towel）。這種亞麻縫製的布巾是特別為女主人設計，用

來擦乾洗好的瓷器茶具。一般的僕人被認為粗手粗腳，不能做這樣精細的工作，只能由女主人親手做。不過女主人的貼身女僕在一天的工作完畢之後，卻要負責縫製這種亞麻布巾。工業革命使得茶具抹布變成大量生產的產品，如今市面上有許多圖紋炫麗的茶具抹布，已經變成觀賞性大於實用性的觀光紀念品。

十八世紀的女主人準備下午茶的道具與過程，既細膩又繁瑣。首先，僕人要先為她準備好必要的工具：茶葉罐（tea caddy）、茶壺（teapot）、熱水甕（hot water urn）、加熱器（heater）與茶杯（teacups）、濾茶器（tea strainer）。然後由女主人來泡茶。首先她要挑選自己喜歡的品牌，或是事先就挑好。然後將熱水注入茶壺中，將茶壺溫熱幾分鐘。然後將壺中的水倒入裝廢水的大碗中。再將茶葉放入溫熱的茶壺中，注入滾燙的熱水。讓茶泡上五到八分鐘。在倒茶之前，先要在杯口放一個濾茶器，好過濾茶渣。一壺茶只能泡一次，因為茶葉很快就沒有味道了。

經過了幾世紀的改變，現在的英國女主人未必有這樣的閒情逸致準備下午茶。許多人用粗獷的馬克杯代替了精緻的茶杯，點心也簡化了許多。屬於大英帝國十八九世紀的記憶早就在下午茶的式微當中消失了光彩。起而代之的是全世界各個角落，尤其是觀光大飯店中推出的下午茶時間，不論是推車式的下午茶點或自助餐式的下午茶時間，依稀彷彿可以見到人們的心中還存留著對貴族生活的最後一點依戀。

Sun tea　陽光茶

　　準備四到六茶匙的茶葉，或是四到六個茶包。如果是用茶葉，就要裝到茶葉球（tea ball）或用棉布包起來。將茶葉放進二品脫（2-quart約1.9公升）的透明玻璃容器中，加進一品脫半（約1.42公升）冷水，蓋住，放置在太陽下，或是室溫中二三小時，直到茶色濃度足夠了。（茶器要遠離易燃物。陽光直射玻璃器皿，可能會形成強光，引起火焰。）將茶葉取出，將茶倒在冰塊上，加入糖與檸檬汁。放進冰箱，要喝時取出，就是風味絕佳的美式冰紅茶（八人份）。

Heaven's gift to man
啤酒人間

　　大約在一萬年到一萬五千年前，人類開始了農耕生活，收割穀物。在西方的歷史記載中，人類最早有釀酒的紀錄大約在六千年前，當時的閃族人（Sumerians）居住在底格里斯河（Tigris）與幼發拉底河（Euphrates）之間，包括美索不達米亞南方、巴別與巴比倫等城市，也就是現代的伊拉克一帶。閃族人在無意之間發現了釀酒的方式，但沒有人知道是如何發生的，後人只能猜測可能是一片麵包或穀物被打濕了，過了一陣子就開始發酵，變成黏漿狀有酒味的東西。在四千年前，閃族人有一首讚頌神的讚美詩，歌詞就是在說明如何釀造啤酒。從閃族人口耳相傳的歷史中知道，製造啤酒的材料就是大麥。這種麥酒喝了會讓人有陶醉感，因此被稱做是「神聖的飲料」（divine drink）──來自天神的禮物。據說在巴比倫一地就有二十種不同口味的啤酒。

　　早期的啤酒混濁不清，帶有苦味，而啤酒（beer）的稱呼來自羅馬人（bibere，拉丁文），意思是「喝吧」。早期的羅馬人認為酒（wine）是敬神的飲料，啤酒則是野蠻人喝的。在聖經中也有許多關於啤酒的記載，如在《創世紀》一書中就提到巴別塔的故事。經過許多年的演變，酒變成為上帝準備的飲料，而啤酒則屬於人間，被當作是一種重要的食物，甚至有時工人的工資也是用啤酒來支付的。

閃族人在無意之間發現了釀酒的方式，後人猜測可能是一片麵包或穀物被打濕了，發酵以後，變成黏漿狀有酒味的東西。公元前2600~3000年埃及人發明釀酒技術，圖為一幅描繪古埃及人在釀酒的壁畫，約繪於公元前1400~1390年。©Gianni Dagli Orti/CORBIS

Down to earth teatime
回歸原點的浪漫

　　茶在英國造成了延綿不絕的影響力，相對的，在美國卻是另一番景象。在伊莉莎白女王時代（1533~1603），歐洲人已經開始喝茶，而英國人卻是在1657~1660年代才開始喝茶的。1657年，倫敦成立了第一家咖啡店——賈拉威咖啡屋（Garway's Coffee house），開始公開販售茶葉。當時的廣告用詞是「品茶專家」（Vertues of the leaf tea）。一開始英國人很難接受這種飲料，除了價錢太貴，也因為茶被認為是一種藥物。直到查爾斯二世開始喝茶，貴族開始模仿皇室，僕人又模仿主人的習性，才讓一般大眾接受了茶這種飲料，而英國殖

民地，如美國等地的人們也都跟著喝茶。

到了十八世紀末期，喬治三世決定加重茶的稅收，尤其送到殖民地的茶葉都要課以重稅，結果引起美國人的反抗。1773年，一艘英國的運茶船來到了波士頓的港口，當地的人就偽裝成印地安人，登上大船，將好幾百箱的茶葉箱子扔進了港灣中，這次的事件被稱做「波士頓茶會事件」（Boston Tea Party），成為美國獨立的導火線。

或許美國人在喝茶這件事上，還存有被英國殖民的陰影，心有餘悸，從此美國人開始偏愛喝咖啡，不再喝茶。直到1904年，在密蘇里州的聖路易斯舉辦了世界博覽會，一個英國人理查‧畢區亞德（Richard Blechyden）在展覽會中販售熱茶，但當時天氣太熱，根本沒有人來買，理查畢區亞德就在茶中加冰塊，開始賣冰紅茶（iced tea），結果大受歡迎。從此，冰紅茶成為美國人偏好的茶飲。1908年，紐約的一位茶葉商湯瑪斯‧蘇爾維亞（Thomas Sullivan）在無意間發明了茶包（tea bag），從此改變了人們喝茶的方式。茶袋使得喝茶變得更簡單方便，省卻了過濾茶葉的種種麻煩，很快就風靡了全世界。如今即便是英國的老太太，有時為了方便，在喝下午茶時也會用茶包來沖泡。雖然少了一點悠閒與浪漫的氣息，卻多了一點浮華世界的時尚感，或許這也正是下午茶的本質吧！

©Bettmann/CORBIS

1773年，一艘英國運茶船抵達波士頓港口，茶葉當場被人丟進海裡，稱做「波士頓茶會事件」（Boston Tea Party），成為美國獨立的導火線。

British chinaware evolution
英國瓷器與進化論

　　英國著名的瓷器瑋緻活（WEDGWOOD）是在1754年左右，
由賈許華‧瑋緻活（Josiah Wedgwood）所創立的。賈許華的父
親是製陶工人，家中有十三個孩子，他是最小的兒子。父親在他
九歲那年過世了，他便開始跟哥哥學習做陶。十一歲那年，他得
了天花，造成右腳殘疾，最後在三十八歲那年終於切除了右腳。
因為身體的疾病，賈許華開始注意有關製陶的科學技術，而非僅
止於肉體上的勞動。1754年，他與友人合夥開始瓷器生意，不久
便自行創業。三十九歲那年，他生產的瓷器受到大眾的注目，甚
至連英國皇后都使用他的瓷器，而被稱做皇后御用瓷器
（Queensware）。今天，瑋緻活已經是全世界著名的瓷器品牌，而
來自瑋緻活家族的人物也不遑多讓。賈許華的女兒蘇珊
（Susannah）嫁給了達爾文（Charles Darwin 1809~1882）的父
親，一位成功的醫生。在父親的鼓勵之下，達爾文加入了「小獵
犬號」艦隊，開始研究自然的演進。1839年，達爾文娶了同樣來
自瑋緻活家族的表妹艾瑪‧瑋緻活，到了1842年，因為達爾文的
慢性病，他們搬到鄉下去，餘生都過著與世隔絕的生活。達爾文
發表的《進化論》，引起全世界的矚目，但他本人的生活卻簡單平
凡，偶然會閱讀一些非關科學的書籍，他甚至幽默的主張「應該
立法禁止以悲劇結尾的小說」。而英國
的瓷器因為有他的參與，更顯出燦
爛的光華。

East India Company
東印度公司

　　十七世紀末期，茶葉進口在英國已經成為大宗的貿易。而所有的茶葉進口都是由一家政府掌控的公司——東印度公司（1600~1873）所壟斷。主要是在十七世紀初期（1600），伊莉莎白一世就授權讓東印度公司掌控了遠東的貿易事項。一百年後，這家公司完全壟斷了所有的市場，所謂的營業執照就等於是在經營印鈔機　樣。到了十九世紀，東印度公司已經擁有軍事與貿易權，公司的總部就設在印度。1813年，東印度公司遭到抵制，被取消了專賣權，但在印度的子公司繼續發展，並在印度種植鴉片，傾銷到中國，最後引發了鴉片戰爭（1838~1842）。

PALM COURT
AFTERNOON TEA

— MENU —

£35

AFTERNOON TEA SANDWICHES

SMOKED SALMON

EGG MAYONNAISE WITH CRESS

HAM

CHICKEN AND MAYONNAISE

CUCUMBER WITH CREAM CHEESE

FRESHLY BAKED RAISIN AND APPLE SCONES

WITH DEVONSHIRE CLOTTED CREAM AND ORGANIC STRAWBERRY PRESERVE

ASSORTMENT OF AFTERNOON TEA PASTRIES AND CAKES

FRUITS OF THE FOREST COMPOTE WITH ENGLISH CREAM

RITZ SELECTED TEAS OR RITZ BLEND FILTER COFFEE

— CHAMPAGNE —

IF YOU WOULD LIKE A GLASS OF CHAMPAGNE WITH YOUR TEA WE WOULD SUGGEST

RITZ SELECTION CUVÉE PRIVÉE N.V.

GLASS	BOTTLE
£14	£60

CATTIER NV, SPECIALLY SELECTED FOR THE RITZ

GLASS	BOTTLE
£10	£50

— SELECTED TEAS —

RITZ TRADITIONAL ENGLISH

A FULL BODIED TEA, A GOOD EXAMPLE OF A TEA BLENDED TO GIVE BOTH COLOUR AND FLAVOUR

LAPSANG SOUCHONG

A SMOKY TEA, MUCH LOVED BY CONNOISSEURS AROUND THE WORLD

EARL GREY

A DELICATELY BERGAMOT SCENTED TEA, FAMOUS FOR ITS EXCEPTIONAL LIGHTNESS AND FRAGRANCE

CEYLON ORANGE PEKOE

A FLAVOURSOME TEA, WITH LIGHT GOLDEN ORANGE COLOUR

DARJEELING

A SUBTLE, DISTINCTIVE TEA OF UNUSUAL CHARACTER AND LIGHT OF COLOUR, MILD AND MELLOW

JASMINE

A FRAGRANT TEA, THE CLASSIC CHINESE GREEN TEA WHICH IS SO SOOTHING AND CALMING

A MORE EXTENSIVE SELECTION IS AVAILABLE ON REQUEST.

DRESS CODE: GENTLEMEN ARE RESPECTFULLY REQUESTED TO WEAR A JACKET AND TIE.
JEANS AND TRAINING SHOES ARE NOT PERMITTED

Sweet Plum

WEDGWOOD
—Since 1759—

晚餐

或許你已經花了很多時間閱讀有關西方世界的早餐、午餐或下午茶的故事，知道了一些典故，也開始了解這些英文字的來龍去脈時，現在晚餐DINNER這個字，可能又會讓你如墜五里雲霧間。DINNER這個字原本來自古法文的DISNER或DINER，意思就是用餐（to dine）。而在中世紀的英文中，DINNER指的就是「早餐」（breakfast）。其實古法文的DISNER或DINER是來自拉丁文DISIUNARE，是指「打破一個人的斷食，也就是吃一天當中的第一餐」之意。在古法文中將這個定義再擴大一些，變成「一天當中的大餐，通常在早上九點到中午之間吃的。」既然是從早上九點到中午之間吃的大餐，因此在中世紀的英國，DINNER既可以說是早餐，也可以說是午餐。隨著時代的改變，上流社會的人開始在黃昏時才吃大餐，於是這樣的晚餐也被稱做DINNER，看到這裡，你的思路是否已經完全混亂了？

其實這還不算什麼，跟晚餐相關的，還有一個也很複雜的字SUPPER，英文中的SUPPER源自古德文，意思是啜飲SUP（英文中的吸sip、湯soup及將麵包浸在濃湯中sop，都出自這個字）。SUPPER通常是指晚上或一天當中的最後一餐，或最晚的大餐（也就是說SUPPER一定是DINNER，但DINNER不一定是SUPPER）。

在《聖經》中所引用的DINNER，源自希臘文ar-is-ton（譯音），意思是早晨的餐點（early meal），但通常是指在下午的時間吃東西

（不過也不一定都是在下午吃，因此有人稱晚餐為SUPPER，另一些人則稱作DINNER。）至於SUPPER原文引自希臘文dipe-non（譯音），意思是一天當中的主餐。到了晚上，家人工作完畢，回到家中團聚時吃的一餐。SUPPER與DINNER這兩種晚餐不斷的在《聖經》中交錯出現，而且兩種晚餐都有賓客出席，唯一的不同是SUPPER似乎更正式，更像是宴會中的餐飲。而耶穌的「最後的晚餐」，也被稱做THE LAST SUPPER。

The Last Supper
耶穌的最後晚餐

　　除了達文西畫過著名的「最後的晚餐」畫像之外，還有許多畫家也畫過這幅畫，包括義大利畫家安吉利哥（Fra Angelico 1400~1455）、英國畫家布萊克（William Blake 1757~1827）、法國的古斯塔夫‧多雷（Gustave Dore 1832~1883）、荷蘭的林布蘭特（Rembrandt Van Rijn 1607~1669）及魯本斯（Peter Paul Rubens1577~1640）等人。在達文西的畫中，耶穌坐在中央，十二個門徒分坐兩旁，由左到右為：巴多羅買（Bartholomew）、雅各（James the Lesser）、安德烈（Andrew）、彼得（Peter）、猶大（Judas）、約翰（John）、耶穌（Jesus Christ）、多馬（Thomas）、雅各（約翰的兄弟 James the Greater）、腓力（Philip）、馬太（Matthew）、達太（Thaddeus）、西門（Simon）。根據新約《聖經》（NEW TESTAMENT）上的記載，這天晚上耶穌知道有門徒要出賣他，要將他交給羅馬的士兵，把他釘上十字架。因此他邀請十二位門徒吃最後的晚餐。從圖中可見猶大表現出坐立不安的表情。

1. Assorted seafood salad with bell pepper
   義式綜合海鮮沙拉
2. Table cloth 桌布
3. Butter knife 奶油刀
4. Freshly brewed coffee
   新鮮濾泡咖啡
5. Black olive paste in dish
   盤中的黑橄欖醬
6. Swirls of butter on a butter plate
   奶油盤中的奶油捲
7. Penne pasta with scallops and creamy tomato sauce
   斜管麵佐干貝及奶油蕃茄醬
8. Californian red wine in bottle
   加州紅酒
9. Californian white wine in bottle
   加州白酒
10. Bread plate 麵包盤
11. Lemon sherbet 檸檬雪碧
12. Pan seared fillet of grouper with creamy saffron sauce
    香煎石斑魚佐番紅花奶油汁
13. Polenta cake with lemon glaze and vanilla cream
    義式黃玉米香檸蛋糕伴香草冰淇淋

Romans' gourmet feast
羅馬式的美食饗宴

羅馬人參加盛宴時，頭上會戴著玫瑰花瓣做的花環，可在不勝酒力時保持清醒，有時還會在酒裡放一兩瓣花瓣。©Bettmann/CORBIS

在羅馬帝國統治英國的年代（43~400AD）裡，正餐（DINNER）是重要的社交活動。羅馬人很喜歡在正式的宴會場合中享用美食，談天說地的奢華感覺。通常他們會先到花園中散散步，然後再到用餐室集合（還要右腳先邁過門檻，以免遭到不測）。

典型的羅馬盛宴通常有九位客人，以榮耀九位掌管藝術與技藝的繆思女神。九位客人要坐在方桌的三面，第四面要空下來以方便僕人服務。客人斜倚在大沙發上，每張大沙發可以坐三個人。他們用左手支撐著身體，右手伸出去拿食物跟飲料。他們的頭上戴著玫瑰花瓣做的花環，讓他們在不勝酒力時保持清醒，有時候還會摘一兩瓣玫瑰花瓣放進酒杯裡。在那個年代，人們還不會用叉子，刀子與湯匙只是偶而用一下，大部分的人是用手拿東西吃──碰到黏稠醬汁時就產生問題了。此外賓客還要自己帶餐巾來用，根據當時的記載，還有人會臨時找不到擦手的東西而偷鄰座的餐巾來用呢！

主人向古羅馬家庭守護之神拉爾斯（Lares）致敬之後，餐會正式開始。食物都裝在青銅、白鑞製的大碗，或很普遍的紅色大陶碗中，喝的酒則放在小玻璃杯中，或白鑞、紅陶杯中。餐會開始時，通常是一盤蛋、生菜及煮過的蔬菜，包括蘆筍、豆子、豌豆、紅蘿蔔、萵苣、菊苣（endive）、蕪菁（radishes）與黃瓜。另外還有鹽醃過的魚、牡蠣、淡菜或特別精心調製的肥榛鼠（dormice）。一邊吃還一邊喝著冷凍蜂蜜酒或當天所提供加了水的酒。至於餐後還會喝些正式的昂貴進口酒如波爾多紅酒。在進餐當中或餐後還有樂師彈奏著七弦琴，或是詩人朗誦著詩作，讓客人在大啖美食之餘，還能享受到音樂藝術之華美。

主菜不論是數量與內容都極為豐富，桌上擺滿了烤或煮過的肉、家禽肉或野味，每一道菜都澆上醬汁，精心烹調過，最好能掩蓋住原味才是最佳的烹調法，也最能顯露出主人的財力雄厚。有時

太多醬汁混在一起，根本就分辨不出單一的味道了。一位羅馬廚師曾經抱怨自己的手下「根本沒有用對辛辣的調味料，只是丟進一些像是野生鴉鳥一般恐怖嚇人的東西，害得客人的腸胃活受罪！」羅馬時代著名的老饕，也是美食家阿俾克斯（Apicius）在他的食譜中記載了一種非常美味的醬汁，他強調說：「只要加上這種醬汁，桌上的任何人都猜不到他在吃的是什麼東西。」這些醬汁通常還會加上麵粉或酥皮碎片，使醬汁變得更濃稠。在那時最常用的甜味調料則是蜂蜜。

羅馬的美食家最喜歡的食物還包括了用牛奶養肥的蝸牛，用堅果養胖的榛睡鼠，去掉翅膀跟腳拼命填塞進飼料的鴿子，還有用紅酒悶死的小鳥等等。桌上擺滿了食物讓客人自己動手享用，僕人在一旁不斷的為客人添酒，還提供一種熱呼呼的小麵包捲，好讓客人沾著盤中的湯汁吃——直到今天法國人在吃東西時仍然保留了這個習慣。

餐後的甜點（DESSERTS）雖然並不是非常重要的主菜，但是仍舊有各式各樣的甜肉、酥皮點心、乾燥或新鮮的水果及堅果。

用餐過後，桌上的食物都清除乾淨了，客人繼續躺在沙發上暢飲美酒，也互相敬酒。主人極盡可能的提供餘興節目，通常會以小丑、變戲法的表演或戰士（gladiator）打鬥活動，劃下完美的句點。

可想而知，這樣的一餐需要做多少的事前準備，家中的廚房裡，

廚師跟僕人忙得團團轉，好幫女主人準備好所有的食物。大大小小的鍋子在爐子上燒著，各種調味料擺了滿桌，更別提那數不清的食材了——這一切都只是為了要讓賓客對主人的巧思與奢華，讚嘆不已。

如果麵包是在家中烘焙的，麵粉必須要先用旋轉的石磨磨過。麵包烤完之後，還要烤派跟酥皮點心。麵粉分很多種，其中精白麵粉被認為是最上等的，黑麵包則是給不重要的客人吃的。但也不是每個家庭都自己烘焙麵包，城市中也有麵包店，熟食店則供應所有的肉類食物。牡蠣、蚌殼、淡菜等海鮮來自各個海港。鹽是非常重要的商品，也都採集自英國沿海地區。在那個年代，價格昂貴的鹽頂多只能讓家中的大人品嚐，孩子是不能隨意吃的。

The Romans died for fine food
羅馬因為美食而衰亡

出生於英國貴族家庭，一生鑽研羅馬帝國（27BC~1453AD）歷史的吉朋（Edward Gibbon 1737~1794），花費了二十年的時間，完成了震驚世人的巨著《羅馬帝國衰亡史》（*The History of the Decline and Fall of the Roman Empire*）。書中運用了大量的篇幅談到羅馬人的富裕奢侈，尤其在請客宴會上更是誇張無比。當時的有錢人把宴會的豪華優雅當作是主人美德的一部分，宴會上端出來的鳥、魚、睡鼠都大得嚇死人。主人還要拿出秤來，秤出每一道菜的正確重量。為了讓宴會的真實性留下紀錄，甚至還喚來公證人做證。從《羅馬帝國衰亡史》中，可以看到美食誤國的真相，但也可以看到西方飲食生活的歷史軌跡。

花費二十年時間，完成震驚世人的巨著《羅馬帝國衰亡史》英國歷史學家，愛德華・吉朋（Edward Gibbon）。 © Bettmann/CORBIS

Norwegian influence
來自維京人的美食

維京人進入英國（約700~1100AD）之後，當時的人一天還是吃兩餐，早餐及正餐（DINNER）。一般家庭吃的正餐會有湯，然後是一道魚或肉。如果沒有湯，餐後就會有甜點，可能是新鮮水果或布丁。不過通常甜點並不是天天都能吃到的食物。

　　在比較正式的宴會場合，他們會吃「瑞典式自助餐」

（SMORGASBORD），這是一種自助餐式的餐飲方式，桌上擺滿了冷食，包括煙燻鯡魚、冷肉、沙拉與起司。SMORGASBORD這個字本身意味著放著麵包與奶油的桌子，也就是說在吃的時候要將食物跟麵包夾在一起吃。據說這種餐飲形式來自瑞典鄉下的宴會，客人必須要帶一盤冷食到主人的家，因此桌上會擺滿各式各樣的冷食。

瑞典式自助餐的吃法是先來一道煙燻鯡魚，然後是各種魚肉、冷盤及烤肉，再來是熱或冷的蔬菜與沙拉。最後一道是各式各樣的起司，搭配著黑麥麵包、白麵包及脆麵包（crisp bread）一起吃。啤酒與小脆餅是跟食物一起搭配著吃的。他們不喝餐前酒，而是邊喝酒邊享用美食。

如今，除了聖誕節或復活節，客人必須要帶一盤冷食到主人家的習俗已經消失了。而瑞典式自助餐也變成世界各地觀光大飯店最常見的餐飲方式。至於在英國，蘇格蘭人及勞工階級常吃的高茶，則很接近這種瑞典式的自助餐。

Smorgasbord
瑞典式自助餐
1 potato salad 番茄沙拉
2 pickled herring 醃鯡魚
3 beef gravy 牛肉醬汁
4 head cheese 起司球
5 chicken gravy 雞肉醬汁
6 mustard 芥末
7 prune sauce 梅子醬
8 apple sauce 蘋果醬
9 Christmas Ham 聖誕節火腿
10 sliced honey ham
　　蜜汁燻火腿片
11 smoked sliced sturgeon
　　燻鱘魚片
12 smoked sliced salmon
　　燻鮭魚片
13 pickled herring 醃鯡魚
14 smoked mackerel 燻鯖魚
15 rolled lamb 羊肉捲
16 chicken salad 雞肉沙拉
17 liver paste 牛肝醬

The best is yet to comeThe best is yet to come
女人與叉子

在西方的網站上流傳著一個古老的故事，這是個古老的美國民間
故事，作者不詳，但因為深具意義，而成為大家傳誦的故事。有
人甚至特別配上音樂，以表達自己的感動之情：

一個老婦人生病了，醫生診斷過後告訴她：「你只剩下三個月的
壽命了。」老婦人聽了很傷心，開始打理自己的身後事，其中包
括跟教堂的牧師談自己的最後遺言。他們討論了有關葬禮上使用
的經句、聖詩等等，老婦人還希望在自己的身邊放一本聖經陪
葬。牧師一一記下老婦人的需要，最後牧師要離去時，老婦人突
然說：「有件事我差點忘了！我還想要在右手拿著一把叉子。」
牧師問她為什麼？她說：「我記得在教堂吃晚餐的時候，主菜撤下
去時，就會有人跟我說：『留下叉子！』這是我最喜歡的部分，
因為這表示還有好東西要上來。蘋果派、香草冰淇淋、巧克力蛋
糕！非常值得等待的好東西就要上場了。這樣當別人問你為什麼
她的手中要拿著叉子，你可以告訴他們：『拿著叉子表示生命中
最好的部分還沒有來！』」

The most-hated British veggie
英國人最痛恨的蔬菜

球芽甘藍（Brussels sprout）是甘藍菜的變種，葉
片極小，就像甘藍菜的縮小版。球芽甘藍首先在比
利時試種成功，所以才用比利時的首都布魯塞爾
（Brussels）當作英文的名稱。球芽甘藍因為體積較小，通常
是用人工摘取的。在英國，這是傳統的冬季蔬菜，通常在吃烤肉時會配上煮熟
的芽球甘藍。也可以炒來吃或做成湯。根據2002年的一項調查統計，球芽甘
藍是英國人最痛恨的蔬菜。喜歡球芽甘藍的人說，人們痛恨球芽甘藍的原因主
要是大多數人都把球芽甘藍煮得太爛了，味道變得很臭，一點也不好吃。如果
不要煮太爛，吃起來就香脆可口。但是要英國人不要把蔬菜煮爛真的很難，所
以要他們喜歡球芽甘藍也不容易！

Toscana Wild Mushroom Set Menu
季節野草套餐

Golden Duck Liver with Baby Oyster Mushrooms Served with Black Truffle
Vin Cotto and Zest of Orange
香煎鴨肝襯老酒醋風味嫩杏鮑菇芽佐黑松露油醋
***

Capon Consommé with Porcini Ravioli
閹雞澄清湯襯義式野草餃
***

Sea Prawn with Sautéed Wild Mushroom, Herbs Tagliolini and Lobster
Sauce
香煎海明蝦襯野菇香料麵佐龍蝦醬汁
***

Oven Roasted Veal Chop with Grilled Clitocybe Mushroom,
Mashed Potato and Morel Sauce
爐烤頂級小牛脊排襯碳烤酒杯菇，羊肚草醬汁
or 或
Crispy Deep Ocean Fish Topped with Sautéed Coral Mushroom, Sweet
Spring Garlic Chill Oil and Green Asparagus Leek Sauce
香煎脆皮深海魚襯炒黃金珊瑚菇佐蒜苗蘆筍醬汁
***

Port Wine Braised Fresh Cherries with Rum and Raisin Ice Cream
波特酒燴季節鮮櫻桃佐蘭姆葡萄冰淇淋
***

Freshly Brewed Coffee or Tea
現煮咖啡或茶

NT$ 1,800 per person plus 10% service charge
每位費用 NT$ 1,800 另加一成服務費

鳴謝·Toscana義大利餐廳（台北西華飯店）

徐欽敏攝影

The changing role of dinner

晚餐的變貌

Alain Quinault攝影

Spicy Mussel Chowder, Salad, bread 辣味淡菜海鮮濃湯，附沙拉，麵包

Grilled salmon 煎烤鮭魚

Courgettes plum apple tamarillo pie 南瓜、梅子、蘋果、樹蕃加派

中世紀（5~15世紀）的英國，所謂的晚餐（SUPPER）通常是在天黑之後吃的，因爲快要入睡了。所以晚餐（SUPPER）只是一些輕食，可能是午餐時剩下的食物，或是類似早餐的食物——冷肉、燕麥餅、啤酒。上流社會的貴族會在四點到六點之間吃晚餐，勞工階級會晚一點，飯後就早早入睡，以等待天明再開始工作。

　　到了十八世紀，社會型態的改變與科學的發展，新興起的中產階級與資本家不但湧冒出來，一般人工作的時間延長了，吃正餐（DINNER）的時間也越來越晚，勞工要忙上一整天才能回家吃正餐，貴族階級（有閒階級）因爲起得較晚，吃正餐的時間也相對延後。到了十九世紀時，正餐（DINNER）就變成晚上六點到九點之間的飲食，而DINNER也逐漸取代了SUPPER，成爲一般人對晚餐的稱呼了。這樣的晚餐通常包括湯、魚、肉、蔬菜、甜點、起司與餅乾。最後還有茶或咖啡。至於某些傳統的家庭中依然保留了SUPPER這樣的習慣，意味著上床之前吃的一些小點心。

　　雖然目前世界上大多數的人都已經用DINNER來稱呼西方的「晚餐」，不過現代的英國社會，還是有人會用「正餐」（DINNER）來稱呼在中午到晚上之間吃的大餐，而大多數人都不再吃「晚餐」（SUPPER）這一餐了。而平時如果沒有特殊的聚會，一般人也不會在中午或晚上吃大餐，反而是早餐（BREAKFAST）成爲一天當中最豐盛的一餐，尤其是在1950年代，女作家艾迪爾黛·維絲（Adelle Davis 1904~1974）寫了一本暢銷書《吃出苗條飲食法》（Let's eat right to keep fit），提倡「早餐吃得像個國王，午餐吃得像個王子，晚餐吃得像個窮人」（Eat breakfast like a king, lunch like a prince, and dinner like a pauper.）的概念之後，一般人所吃的早餐就眞的成爲國王的早餐——滿桌豐盛的佳餚美食，就像是英國國王或貴族所吃的早餐。非常恰巧的，這也正好回歸到DINNER這個字最原始的意義——晚上斷食之後，吃一天當中的第一餐。

Dinner riddles
晚餐腦筋急轉彎

Q: Why did the chicken cross the road?
A: To get to the other side.

Q: Why did the chicken run cross the road?
A: There was a car coming.

Q: Why did the chicken cross the road halfway?
A: She wanted to lay it on the line.

Q: Why did the rubber chicken cross the road?
A: She wants to stretch her legs.

Q: Why did the Roman chicken cross the road?
A: She was afraid someone would Caesar!（seize her）

Q: Why did the chicken cross the road?
A: To prove to the possum it could actually be done!

問：為什麼雞要過馬路？
答：到路的另一邊。

問：為什麼雞要跑過馬路？
答：有一輛車開過來。

問：為什麼雞過馬路過了一半？
答：她想要在線上生蛋。

問：為什麼塑膠雞要過馬路？
答：她想要伸伸腿。

問：為什麼羅馬雞要過馬路？
答：她很怕有人是凱撒！（要抓她）

問：為什麼雞要過馬路？
答：向負鼠證明這是辦得到的！

Orange Trifle recipe
橘子果凍鬆糕

材料：（6人份）

6湯匙白蘭地

橘子汁（一個小橘子）

12個椰子球（macaroons）

2個大橘子，去籽，剝皮，

分成小片

3杯鮮奶油（whipping cream）

1/2杯糖

3個蛋黃，攪拌均勻

做法：

1. 將白蘭地與橘子汁混合在大碗中，加入杏仁餅乾，浸泡一小時。

2. 用一個小杯子或淺盤將餅乾與橘子片沿著邊緣放好。

3. 將六湯匙鮮奶油、糖與蛋黃混在一起，用小火煮到黏稠為止。不停攪拌，以免燒焦。

4. 將鮮奶醬汁倒入杯中，蓋住餅乾與橘子片，放入冰箱中，形成果凍鬆糕。

5. 在食用之前將剩下的鮮奶與糖攪拌到濃稠，然後加在鬆糕上，趁冰涼時食用。

Sweet attraction
甜點的誘惑

十九世紀初期，居住在美國的英國移民大致都保存了英國人的飲食習慣，在波士頓的上流社會家庭大約在下午兩點吃正餐（DINNER），晚上八點吃晚餐（SUPPER）。正餐是邀請客人來吃的大餐，晚餐則是家人或親密朋友一起吃，比較不正式的簡餐，只有一些肉末洋芋泥、冷肉和麵包等。

接下來，一項重要的歷史事件——工業革命改了所有的人作息

與生活，一般人能夠活動的時間越來越晚，到了1945年，正餐（DINNER）仍然指正式的一餐，但也可能在晚上舉行。而晚餐（SUPPER）是較不正式的晚間食物。1960年，這時正餐（DINNER）變得可以正式，也可以不正式，但總是在晚上舉行，原來的晚餐（SUPPER）變成了選擇性的一餐，通常是在舉行晚宴時添加的宵夜點心。

在現代的社會中，人們吃正餐（DINNER）的時間可以從中午到晚上，任何時間都可以，如果是在中午時分，就取代了午餐（LUNCH），如果是在晚上舉行，就取代了晚餐（SUPPER），大多數人也都不再用「晚餐」（SUPPER）這個詞了。事實上，一個人如果吃過豐盛的早餐，又吃過午前茶‧午餐‧下午茶之後，可想而知，到了晚上也不會有胃口吃大餐了。

所謂的正餐（DINNER），或現代人稱呼的晚餐（DINNER），通常包括前菜（Appetiser）、湯（Soup）、主菜（Entree）及甜點（Dessert）。也有人在湯和主菜之間嚐一點小菜（Small Bites）。或者有人是先喝湯，然後吃沙拉、前菜、主菜，最後是甜點。也有些人會像法國人一樣喝開胃酒（Aperitif），不過基本上，英式吃法較簡單，酒是和食物一起享用的。前菜與沙拉相近，但添加了肉類，如蕃茄、蘆筍塔塔醬（tartare sauce）加起司、油炸扇貝、蟹肉沙拉等等。沙拉則有凱撒沙拉、美式沙拉等等，主要做法為生菜加調味料。小菜類比較接近西班牙或義大利的風格，如西班牙龍蝦涼拌菜或美式龍蝦片等等，有的是為了讓你嚐嚐今天的主菜口味而設計的。湯則包括龍蝦湯、蘆筍湯、主廚例湯等等。主菜可以是蕃茄、淡菜加醋醬、蘑菇烤雞、牛排、羊排等等，添加的醬料是主廚的獨家秘方。至於甜點有蘋果派、紅莓焦糖布丁、巧克力蛋糕等。

至於現代的西方飲食早已經混合了來自世界各地的種種元素，

不再能用單一國家或地域的方向來思考了。以甜點來說，甜點DESSERT這個字就是來自法文，DESSERVIR，意思是清除桌上的餐點。因此也有人用「餐後」（AFTERS）或「甜食」（SWEET）來稱呼甜點。根據歷史的記載，全世界最愛吃甜點的人可能要算羅馬人了，從羅馬帝國時代開始就已經有吃甜點的習慣，因此有人形容吃西方的食物如果沒有吃甜點，就像是沒有吃飽一樣。甜點可以是水果、冰淇淋、布丁、酥皮點心或巧克力。只要是甜的東西都可以當作甜點，譬如在1622年，美國人就將印地安人喜歡吃的玉米布丁（Indian Pudding）加入了甜點的行列，而英式果凍鬆糕（Trifle）則是英國人最典型的甜點。法國式的焦糖布丁如今也廣受歡迎，就算美國人最引以為傲的美國派（American Pie），追本溯源，還是來自羅馬人餐桌上的甜點。

在上古埃及人的年代，就已經出現了類似派這樣的酥皮（pastry）點心了。第一個發明派的人應該是羅馬人，但據說這項烘焙手藝又是從希臘人學來的。不過在紀元前二世紀，一位羅馬美食家卡多迪愛爾德（Cato the Elder, 234~149BC），就已經寫下了有關派的做法。更有趣的是羅馬人也是第一個會做蛋糕（cake）的人，他們稱之為「獻給天神的食物」。到了紀元前三世紀，餅乾（cookie）出現了，像是威化餅（wafer）之類的餅乾要烘焙過兩次才行。英國主婦會喜歡烘焙小餅乾，想必是受到羅馬人的影響。

在1362年，派（pie）這個字已經是人盡皆知的字眼。到了十八世紀，派的做法又跟隨著英國移民來到了美國。美國人喜歡把派當作是午餐時的甜點，1877年，一位住在佛蒙特州的美國家庭主婦統計她一年烘焙了152個蛋糕、421個派、2140個甜甜圈，由此可見烘焙點心受歡迎的程度。1878年，美國作家馬克‧吐溫（Mark Twain

Michael K's candle light dinner
麥可K的燭光晚餐

　　獲得2003年諾貝爾獎的南非作家柯慈（John Maxwell Coetzee）在他的代表作《麥可K的生命與時代》（Life & Times of Michael K）中，描繪了一位一無所有的黑人年輕男子，如何在非洲的故鄉自我放逐的流浪故事。在第三部結尾之前，麥可遇到了一群流浪漢——一對金髮的姊妹與一個男人，還帶了個小嬰兒。他們在一叢松樹林前面停下來，那個男人「鋪開一條毯子，點起一根蠟燭，然後將蠟燭插到空罐子裡，再將晚餐擺出來：麵包、煉乳、豬肉香腸、香蕉……。」由此可知，在西方的生活當中，即使是一無所有的流浪漢，在吃晚餐時還是會保留一盞燭光。

1835~1910）為《浪跡海外》（A Tramp Abroad）一書設計了一份食譜，其中包括：「蘋果派、桃子派、美式百果派、南瓜派、小南瓜派……」可想而知美國派已經後來居上，成為庶民喜愛的美食了。

　　另外一種很受歡迎的甜點，冰淇淋（Ice Cream），據說也跟羅馬人有關。在公元前四世紀就已經有冰品的記載，到了羅馬的暴君尼祿（54~86）時期，他命令僕人到冰雪未融化的山上取冰塊下來，再將水果混調在冰塊中吃。十三世紀時，馬可波羅遊歷到中國發現了冰與牛奶融合的技巧，並帶回歐洲。但是直到1660年，冰淇淋才成為大眾化的食品。1700年，英國移民將製冰技術帶到了美國，如今冰淇淋已經成為美國的文化象徵。其實，餐後吃冰淇淋的樂趣就在你可以任意添加不同的口味，不論是奶油、焦糖、巧克力、草莓等，冰涼甜蜜的神奇美妙滋味，真可讓所有的煩惱都煙消雲散，而這也正是甜點的迷人之處。

Knife and fork culture
刀叉文化

1.Chair 椅子

2.daisies in a vase 花瓶中的雛菊

3.salt and pepper shakers
　鹽與胡椒罐

4.pink tablecloth 淡粉色桌布

5.for each person, there are three
　forks (starting from the person's
　left, there is the salad fork, the
　dessert fork and the dinner fork—
　the largest)
　每個人有三把叉子（從你的左邊
　開始是沙拉叉、點心叉、晚餐叉
　──最大的那一隻）

6.a napkin 餐巾

7.two knives (from the left, the
　butter knife and the dinner knife),
　and a soup spoon per person.
　兩把餐刀（左邊是奶油刀，然後
　是用餐刀），一人會有一把湯匙。

8.Each person has two glasses,
　one for water or another
　beverage, and one for wine.
　每個人會有兩個杯子，一個用來
　喝水或其他飲料，一個用來喝
　酒。

　　平心而論，西方的飲食方式也可以說是一種刀叉文化。在羅馬人統治英國時代，餐桌上就已經出現了各種尺寸的刀子，是用鐵器、獸骨、木頭或青銅做成的。另外還有青銅、銀質與獸骨的湯匙，但這只是廚房烹調時使用的器具。到了十一世紀時，人們開始用刀子與湯匙吃東西，一直到中世紀末期，叉子才出現在西方人的餐桌上。在這之前有一種用木頭或獸骨做成的叉子，好用來叉起肉片或較大塊的食物。一直到今天，西方人的飲食還是以刀叉及各種深淺的盤子為主（包括喝湯的盤子，因此西方人會說「吃」湯，Eat your soup而不說「喝」湯，Drink your soup），這樣的飲食習慣也影響到烹調的方式，食物會做成較大塊的形狀，好方便客人在自己的盤中動手切割肉塊，或除去魚刺或骨頭。而如何正確使用刀叉也在西方飲食文化與禮儀教養中，佔有重要的地位。

　　在西方的餐飲習慣中，參加晚宴時，座位通常會事先安排好，同行的伴侶或夫妻依慣例不會坐在一起。席次安排的一般原則是（見p.126圖）：男女主人對坐長桌的兩端。男女賓客間隔而坐。男主賓坐在女主人右邊，女主賓坐在男主人右邊。夫妻分開坐。在西式的宴會中，女尊男卑，男士需等待女士就座後才能入座。就座時通常由

椅子左側入席。就座後盤中餐巾不必急著展開，等全體人員坐定之後，慢慢展開，放在膝上。在西式的餐宴中，女士是等著被人服侍的，因此最好顯得落落大方一點。這樣的晚宴賓客人數最好是八到十人。

　　點菜時需注意的是看菜單時慢慢看，先了解菜單上的內容再招呼侍者，這時只要把食指與中指輕輕豎起，侍者便會知道你的需要。如果是較正式的大餐，通常會有十道菜，上菜的順序為：冷盤、湯、麵包、魚蝦類、肉類、冷凍果子露（sorbet）、烤肉與沙拉、甜點、水果、咖啡或茶。現代人講求簡單健康的飲食，因此一般家庭請客如果有四至六道菜就很足夠了。上菜順序為：前菜與雞尾酒、湯或沙拉、冷盤、主菜、甜點及咖啡或茶、餐後酒。

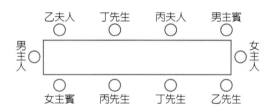

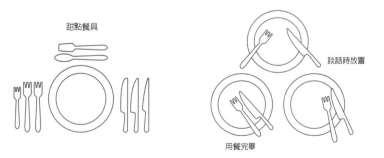

西餐的規矩是每用一道菜就要換一副刀叉，但桌上如果擺了一堆刀叉會很佔空間，因此不論是多少道菜，桌上只會擺三副刀叉，三道菜用完後再換。右邊擺刀，左邊擺叉，吃甜點的餐具則擺在餐盤前方，或擺在刀叉的兩端。刀叉本身也有幾種區分，通常切點心的刀叉刻有花紋，切肉的刀有鋸形。

用餐時，侍者會端上大盤的食物來上桌分菜，但也可以自行取用。如果是一般家庭宴會，則會將大盤子輪流傳遞，自己取用適當的分量。使用刀叉時通常是以由外至內的順序取用，左手拿叉，右手持刀。如果吃了一半想跟人談話時，可將刀叉置於盤上方呈八字形（美式做法），或是將刀子放在叉子前方，置於盤邊。如果吃完了，要請侍者端走，可將刀叉並列，斜放在盤子中央右下方，刀子在外，叉子在內。

另外有一些需要注意的小細節：吃麵包時不用刀叉，用手撕著吃。用餐巾拭嘴時，點一下即可，不要用力揉搓。手肘靠近身體，不要張得太開。刀叉掉落地上時，不要自己去取，請侍者送一副新的來。如果女士的刀叉掉落，旁邊的男士有義務幫她拾取，請侍者再換一副新的。手持刀叉時不可將刀叉豎起與桌面垂直。吃東西時以食就口，不要任意移動餐盤。喝湯時湯匙由內向外舀，湯入口時不可出聲。切肉食時要縱切，不要橫切，也不要一次就將肉全部切完。需要調味料時可以請鄰座幫忙傳遞。

現代人吃晚餐雖然早已沒有羅馬人的悠閒興致與漫長時間，但是不論參加晚宴或在家庭中聚餐，西方人還是很很重視晚餐的臨場氣氛，除了桌上的美麗餐盤、鮮花、美酒、美食與燭光之外，彼此的交流與談話也是宴會的主題之一。一個呆坐在座位上，低頭猛吃的客人是不受歡迎的客人。如果能在應邀之前準備一些有趣的時事或社會議題等話題，適時的參與餐桌上的談話內容，你將會是西方晚餐桌上最受歡迎的客人。

Alain Quinault攝影

The height of cooking
打開飲食盛宴之門

　　雖然日不落帝國不再是英國的代名詞，但是英國式的飲食方式
卻隨著英國殖民地時代而深入世界各個角落，相對的，各個地方不
同飲食文化對英式的飲食也產生了一定的影響。譬如一般人提到烤
肉就會想到土耳其，談到香料就會聯想到阿拉伯，而橄欖油或香草
則來自地中海國家，至於咖哩則一定跟印度有關。事實上，隨著國

家經濟與政治實力的消長，如今美國的飲食文化已經成爲西方飲食的主流思潮，譬如前幾年美國西岸所提倡的東西合璧的融合美食（fusion food），以及當前所強調天然有機的生機飲食（organic food），都成爲世界性的潮流與趨勢。這種微妙的變遷其實也可以從幾位著名的西方大廚師身上窺知一二。

英國BBC電視台的卡路奇美食烹飪節目（Antonio Carluccio's Northern Italian Feast and Southern Italian），近年來一直擁有很高的收視率。現年六十七歲的卡路奇（Antonio Carluccio）出生於義大利，到奧地利學語言，卻愛上了當地的美酒，而在德國做了十二年的酒商。1975年，因爲外銷酒到英國，卡路奇來到了倫敦，五年後，喜愛美食的他開了一家餐廳，這家餐廳也因爲道地的義大利菜而聲名大噪。卡路奇的作風帶有濃厚的義大利氣質，他的美食節目也經常走訪義大利鄉下，介紹道地義大利的美食，大量運用當地的香草食材，偶而他還會用一兩句義大利文讚嘆美食佳餚，讓人充分感受到西方食物之美。強調義大利美食的卡路奇也在1998年出版過有關義大利美食的經典食譜書，成爲英國最受歡迎的義大利食譜。由此可見，英國人的飲食習慣確實受到義大利很深的影響。

另外一位英國大廚，現年六十一歲的佛洛伊（Keith Floyd），則是典型的英國紳士作風，他在BBC播出的美食節目中，時而見到他邊作菜邊喝酒，喝完就將酒杯一扔，時而跟攝影師、助理鬥鬥嘴，十足率性的個人風格。有趣的是，佛洛伊的節目也不限於英國本土，經常到世界各地去旅行，並利用當地的食材來作菜，同時還會談到世界各地美食相互之間產生的影響。有一次他到希臘的一個小島去做菜，復活節過後的大雨紛飛，只見他架起了簡單的爐子，全身濕淋

大廚佛洛伊（Keith Floyd）在BBC播出的美食節目中，時常見到他邊作菜邊喝酒，率性的個人風格。

淋地做起希臘菜來，一邊還豪邁的說：「有火跟食材就行了，這就是烹飪的真諦。」而這句話似乎也充分說明了英國式的烹飪風格。

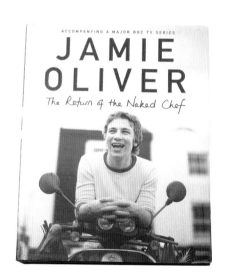

除了這兩位超級巨星大廚之外，到了1996年，BBC又推出了兩個膾炙人口的飲食節目──「兩個胖女人」（The Two Fat Ladies）及「裸體廚師」（The Naked Chef）。「兩個胖女人」的主持人是一對上了年紀的老婦人，克萊倫絲（Clarissa Dickson Wright）與珍妮佛（Jennifer Paterson）。曾經做過律師的克萊倫絲出生於富裕的家庭，從小就知道美食的滋味。她的父親是一位外科醫生，要求她一定要讀醫科，否則就不供給她學費。結果她靠自己的力量讀完法學院，通過了律師考試，成為一位成功的律師。但是因緣際會讓她走上了烹飪這條路，不但主持了叫好又叫座的美食節目，還出了幾本美食書籍。而另一位「胖女人」珍妮佛的作風卻剛好跟她相反，珍妮佛喜歡抽煙，喝酒，愛嘮叨，有時還有點瘋狂。珍妮佛的父親是英國軍官，帶著家人到世界各地駐防，珍妮佛才剛出生就到中國住了四年，因此在「兩個胖女人」節目中，經常可以看到這位老太太戴著中國祖母綠戒指，塗著蔻丹的手忙碌作菜的經典畫面。在主持「兩個胖女人」節目之前，珍妮佛一直在倫敦從事烹飪有關的雜誌工作。1996年，BBC將這兩個祖母級的明星人物組合起來，創造出了轟動全世界的美食烹飪節目。在節目中，她倆經常經常開著二次大戰時風行的一人側坐摩托車，

來到英國鄉下、修道院、古堡、農莊、學校等等地方，爲不同的人做豐盛濃郁的英式經典菜餚，一邊還聊著彼此童年的趣事或有關烹飪的知識。不幸的是，1999年，七十一歲的珍妮佛死於肺癌，已經成爲她好友的克萊倫絲拒絕繼續演出，「兩個胖女人」節目也劃下了句點。

如果說「兩個胖女人」代表著上個世代的美食觀的結束，「裸體廚師」則充分聲張了新世代英國廚師的精神。「裸體廚師」的主持人吉米・奧立佛（Jamie Oliver）現年三十一歲，父親開了一家餐廳及酒吧，從小他就跟著在廚房中學習各種烹飪工作。十六歲，他從威斯特敏斯烹飪學校畢業，開始在餐廳工作，一邊還自己組成了一個樂團，擔任鼓手。二十一歲那年，他在倫敦著名的「河流咖啡」（River Cafe）餐廳工作，被BBC的製作人發掘，從此躍上螢光幕，成爲美食界的超級巨星。吉米・奧立佛的烹飪方式簡單俐落，因此被稱作「裸體」廚師。他經常運用東方的元素——香料、食材與做法，創造出嶄新型態，簡單易學，具有全球化觀點的西方美食，再加上他幽默風趣、活力十足、豪邁過人的作風，偶而還穿插他的樂團即興表演，節目一推出就廣受歡迎，不但西方的老太太喜歡他，連年輕男士都受到他的影響，開始學習自己動手作羹湯。目前全世界一共有四十多個國家播出過他的節目，他也成爲全世界頂尖的美食節目主持人。目前，除了在倫敦的餐廳之外，他也計畫到紐約近郊開一家餐廳，以徹底融入美式的生活當中。

有關美食的故事就像人世間的愛情、權力、慾望或金錢的故事不斷在變遷、轉換、消長之中，從簡單到繁複，再從繁華落盡，回到眞淳，西方的飲食事典只是爲你打開了一扇盛宴之門，接下來就要你自己去細細品嚐其間滋味了。

THE OWL'S NEST
貓頭鷹之家

　　六○年代活躍於好萊塢的女明星李絲莉·卡儂（Leslie Caron）曾經主演過兩部與法國有關的電影——1951年的「花都舞影」及1958年的「金粉世界」。「花都舞影」（An American in Paris）是在法國拍攝的，而「金粉世界」（Gigi）的原作者便是法國知名的女作家柯蕾。

　　或許因為與法國結下深刻的緣分，現年七十二歲的李絲莉卡儂在離巴黎一百三十公里南方，盛產葡萄酒的柏根地地區一座小鎮Villeneuve開了一家非常特殊的餐廳及旅館La Lucarne aux Chouettes——也就是貓頭鷹之家（The Owl's Nest）。這間座落在美麗的楊（Yonne River）河畔的餐廳是由一間十七世紀的舊穀倉改建而成，李絲莉·卡儂親手裝潢的室內氣氛典雅動人，優雅古老的格子窗裝上了紗幔，所有的吊燈都是用粗麻繩編成，古意盎然。圓形的古董餐桌上擺著鮮花蠟燭，旁邊的椅子還罩著淡粉色的椅套，充滿懷舊氣息。坐在窗畔，便可以看到優雅的楊河緩緩流過。在充滿陽光的夏天，還可以到露天的陽台上用餐，可以看到不遠處一座十三世紀的橋樑橫越過楊河。

　　餐廳的菜色每天都不同，早餐為9.50歐元，午餐為18歐元，晚餐及假日為35歐元。因為走國際化路線，在餐廳負責的大廚也是一位日本廚師Dai Suke Inagaki，妻子是法國人，同樣在餐廳中服務。美麗的菜色、優雅的環境，難怪這位異鄉人也願意就此長住了。

貓頭鷹之家網址http://www.lesliecaron-auberge.com/index.html
地址：Quai Bretoche- 89500 Villeneuve-sur-Yonne,France
電話：33-（0）3-86-87-18-26

Suggested Websites
閱讀相關網站：

http://www.foodnetwork.com/food/show_jo/0,1976,FOOD_9975,00.html

http://www.jamieoliver.net/diary/index.html

http://www.bbc.co.uk/food/celebritychefs/oliver.shtml

http://www.channel4.com/life/microsites/J/jamie/

http://www.keithfloyd.co.uk/intro.html

http://www.floyduncorked.com/

http://www.bbc.co.uk/food/waywecooked/keith_floyd.shtml

http://www.seasia.discovery.com/traveladventure/features/floyd_microsite/_home/

http://www.abdn.ac.uk/central/students/rector.shtml

http://www.bbc.co.uk/food/twofatladies/

http://www.homestead.com/twofatladies.html

http://www.authorpages.hoddersystems.com/AntonioCarluccio/

http://www.bbc.co.uk/food/celebritychefs/interview_carluccio.shtml

http://www.waitrose.com/food_drink/wfi/foodaroundtheworld/restofeurope/0402054.asp

http://www.bbc.co.uk/food/celebritychefs/carluccio.shtml

http://eat.epicurious.com/

http://www.foodreference.com/

http://www.gti.net/mocolib1/kid/food.html

http://www.recipesource.com/

Danieli's

A perfect place to savor authentic and sumptuous Italian dishes

丹耶澧 義大利餐廳

幻影‧時尚

閃爍風華水晶垂墜　暖橘色調空間演繹　義式香料觸動感官
歡迎進入六福皇宮『義式時尚、美食至上』的美饌尊爵饗宴
營業時間　午餐 12pm - 2pm 晚餐 6pm - 10pm

Danieli's
義大利餐廳

THE WESTIN
六福皇宮
TAIPEI

10487台北市南京東路三段133號　電話：(02)8770-6565　www.westin.com.tw

早餐字典 BREAKFAST WORDS

Breakfast meals 早餐食物

There are usually two types of Western-style breakfasts. One is a Full Breakfast (or English Breakfast), which can include eggs, bacon, sausage, toast and jam, tea or coffee, orange or grapefruit juice, and cold cereal. The other is a lighter Continental (European) breakfast that is just fruit juice, bread, and tea or coffee.

西式早餐通常有兩種形式。一種是全餐（或英式早餐），包括蛋、培根、香腸、吐司和果醬、茶或咖啡、橘子或葡萄柚汁，還有冷的燕麥片。另外一種是份量較輕的大陸（歐洲）式早餐，只有果汁、麵包和茶或咖啡。

Breakfast beverages 早餐飲料

Americans like to drink hot beverages at breakfast, either coffee or hot cocoa, and cold beverages, such as orange juice. But hot cocoa is usually considered a drink for children, while coffee is an adult beverage.

早餐時，美國人喜歡喝熱飲。不是喝咖啡，就是熱可可，和一些冷飲，例如柳橙汁。但是熱可可通常被認爲是小朋友的飲料，咖啡則是給成人喝的飲料。

Phrases 片語

●A cup of joe: I'm looking for a place to grab a nice cup of joe.

一杯咖啡：我在找一個可以喝到好咖啡的地方。【joe：二次大戰期間，美國海軍對咖啡的暱稱。】

●Don't cry over spilt milk: OK, you broke your glasses, but don't cry over spilt milk.

不要爲潑出去的牛奶悲傷：好吧，你打翻了牛奶，但不要爲潑出去的牛奶悲傷。

●A glass of OJ: Even on a busy morning, I must have a glass of OJ!

一杯柳橙汁：即使是在忙碌的早晨，我還是必須喝一杯柳橙汁。

Breakfast cereal 穀片早餐

Breakfast cereal to Americans is a dry cereal of baked oat, rice or corn (such as corn flakes) or a mixture of nuts, grains and dried fruits (muesli). Sugar and cold milk is poured over the cereal and banana slices are often added as well. It's a simple, inexpensive and fast main course for breakfast.

對美國人來說，穀片早餐就是烤過的燕麥、米或玉米（像玉米片）類的乾燥穀物，或是堅果、穀物和水果乾（什錦果麥）的混合物。通常穀片早餐裡會澆上糖和冰牛奶，也常會加進香蕉片。這是簡單便宜又迅速的早餐主食。

Bacon and eggs 培根和蛋

This is a standard breakfast for Americans, fried bacon and sunny-side eggs, with toast and butter on the side. It's a main course. American bacon comes in thin strips, while in England, Australia and New Zealand, their bacon is round like sliced ham.

這是典型的美式早餐，煎過的培根和陽光蛋，旁邊再配上吐司和奶油。這是早餐的主菜。美式培根是薄薄的細長條，而英國、澳洲和紐西蘭的培根則是圓形，像火腿片。

Phrases 片語

● Bring home the bacon: It's difficult but she takes care of her family and brings home the bacon, too.

賺錢養家：雖然很困難，但她照顧全家，還賺錢養家。

● To have egg on your face: If you're wrong, you'll have egg on your face.

你看起來很笨：如果你錯了，會看起來很笨。

● A good egg: Kurt is a good egg. He helps me with my homework.

好人：克特是個好人。他幫我做功課。

● Egged on: The fighting boys were egged on by their classmates.

慫恿：那些在打架的男孩子是被同學慫恿的。

Hot oatmeal 熱燕麥粥

A healthy breakfast for Americans who eat hot oatmeal with a slice of butter, brown sugar and milk. It takes time to cook it, so some people prefer to eat instant oatmeal. Hot oatmeal is a main course. In the Southern US, they like to eat grits (a kind of corn porridge) for breakfast.

美式健康早餐，這是一種熱燕麥粥，加上奶油、紅糖和牛奶，煮起來很費時，所以有些人比較喜歡吃即溶燕麥粥。熱燕麥粥是主食。在美國南方，人們喜歡吃粗玉米粉粥當早餐。

Vocabulary 詞彙

Porridge麥片粥

Oatmeal bowl盛燕麥粥的碗

Oat 燕麥

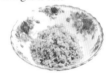

Fresh fruit 新鮮水果

Americans have fruit for breakfast usually as a simple side dish, like a sliced banana on cold cereal, or a grapefruit cut in half and eaten with a special sharp-ended grapefruit spoon.

美國人早餐吃的水果通常只是像一道簡單的小菜，譬如香蕉切片放在冷的穀類上，或切成兩半的葡萄柚，用一種邊緣銳利的葡萄柚湯匙吃。

Phrases 片語

◉Go bananas: She'll go bananas when she gets that puppy for her birthday.

瘋狂：等她收到這隻小狗的生日禮物時，她會樂瘋了。

◉Top banana: Have you heard that the top banana is going to retire?

老闆：你有沒有聽說老闆要退休了？

◉Peach fuzz: Jacob doesn't need to start shaving yet—he still has peach fuzz.

乳臭味乾：傑克博還不用刮鬍子——他仍是乳臭味乾的小子。

◉Everything is just peachy: Amy says everything is just peachy.

每件事都很好：愛米說每件事都很好。

Pancakes and French toast 薄煎餅和法國吐司

Pancakes, French toast or waffles is the main part of an American breakfast. All of them are topped with a slice of butter (with pancakes, some people put a slice of butter on top of every pancake!) and maple syrup. Since they take time to make, they are usually eaten on the weekend.

薄煎餅、法國吐司或威化餅都是美式早餐必備的主要餐點，上面會加一片奶油和楓糖漿。奶油是加在所有的薄煎餅上面，但有些人會在每片薄煎餅上面加一片奶油）。因為需要花時間做，通常只有在週末時才做來吃。

Phrases 片語

◉As flat as a pancake: The U.S. state of Kansas is as flat as a pancake.

和煎餅一樣平坦：美國堪薩斯州和煎餅一樣平坦。

◉Selling like hotcakes: Tickets to tonight's concert are selling like hotcakes!

賣得很好：今晚音樂會門票賣得很好。

Yoghurt, yogurt 優格

Yoghurt (or yogurt) is a popular food at breakfast time in America. People like to eat it alone or mix it with muesli (granola) instead of cold milk. It's considered healthy food because it has bacteria to help clean out the stomach and it comes in many flavors.

美國的早餐時刻，優格是很受歡迎的食物。一般人喜歡單獨吃，或加在什錦果麥（格蘭諾拉燕麥塊）裡面，而不加牛奶。優格被認為是健康食品，因為含有細菌可以幫助清除腸胃，而且有很多種口味。

For busy modern Americans, a bagel and a cup of coffee on the go is breakfast. It's especially popular in New York City. Bagels are toasted, with cream cheese spread on them and other toppings like lox or jam. Others prefer toasted English muffins, croissants or pastry, which are sweeter kinds of bread like donuts and Danish pastry.

French bread 法國麵包

boule (French round bread)
法國圓麵包

bagel 貝果

pita pocket bread
希臘口袋麵包

raisin wheat round bread
葡萄乾全麥圓麵包

對於忙碌的現代美國人而言，抓一個貝果和一杯咖啡走人，就是所謂的早餐了。這種早餐在紐約特別流行。焙果是烤過的，塗上乳脂酪，再加一點配料如燻鮭魚或果醬。也有人更喜歡烤英式鬆餅、牛角麵包或酥皮點心，像甜甜圈和丹麥酥皮麵包之類的甜麵包。

rye bread裸麥麵包

Brioche布里歐修麵包

malted cereal bread麥芽麵包

Crispbread挪威脆麵包

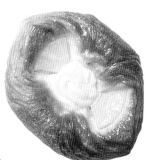

Danish pastry丹麥酥皮麵包

午餐字典 LUNCH WORDS

Pizza 披薩

Americans think of pizza as a thin disc of baked dough with tomato sauce, mozzarella cheese and pepperoni slices on top. That is New York-style thin crust pizza, which comes in slices or whole pies. In Chicago, the pizza is made in a deep pan so there is a lot of sauce and toppings and it's called Chicago-style deep dish pizza. It's too thick for a slice, so you need to get a whole pie.

美國人所認為的披薩是一片烤過的圓形麵糰，上面加上蕃茄醬、義大利白乾酪和義大利臘味香腸片。

這是紐約式薄皮披薩，可以買一片或買一整個。在芝加哥，披薩是用深盤子來做的，所以有很多醬汁和佐料，稱做芝加哥式厚層披薩。太厚了不能切片，所以一買就是一整個。

Sausages 香腸

A typical American sausage is a boiled hot dog in a hot dog bun with condiments like relish, mustard, ketchup, chopped onions, and jalapeno peppers. It's an inexpensive lunch. Other popular sausages are thicker Italian sausages and longer bratwurst (Polish) sausage.

典型的美式香腸是煮熟的熱狗夾在熱狗麵包裡，加上佐料如醃黃瓜片、芥末醬、蕃茄醬、切碎的洋蔥和墨西哥辣椒，是很便宜的午餐。其他受歡迎的香腸是較厚的義大利香腸和較長的臘腸（波蘭）香腸。

Sandwiches 三明治

There are many kinds of American sandwiches but the basic idea is a BLT, which is bacon, lettuce, tomato and mayonnaise on toasted bread slices.

It can be the main part of lunch or a side dish, like soup and a sandwich.

美式三明治有許多種，但最基本的是培根生菜蕃茄三明治，就是將培根、生菜、蕃茄和美乃滋放入烤好的吐司麵包上面。可以是午餐的主食，或是搭配的菜，譬如湯和一個三明治。

Salads 沙拉

The basic American salad is raw green lettuce, sliced cucumbers, shredded carrots and other vegetables mixed together. There are different kinds of salad dressing to put on your salad as well. It can be a side dish or a main meal.

It can be a main course, like a Caesar salad, or a side dish as a simple green salad.

基本的美式沙拉是將綠色生菜、切片黃瓜、切絲紅蘿蔔和其他蔬菜混合一起。有許多不同種類的沙拉醬可以澆在沙拉上面。沙拉可以是小菜或主食。做主食的沙拉如凱撒沙拉，也有當成配菜的簡單綠色沙拉。

Phrases 片語

salad days: I remember back in my salad days, when I didn't know any better.

年少青春期：回想我的年少青春時期，那時我什麼都不懂。

Soup 湯

American "soup" is usually a thick liquid food with pieces of meat, fish and vegetables in it. Sometimes milk is added to make the soup thicker and tastier.

美式「湯」通常是濃的液體食物，裡面有肉塊、魚和蔬菜。有時候會添加牛奶，讓湯變得更濃更美味。

Phrases 片語

- as thick as pea soup: The fog this morning is as thick as pea soup.

像豌豆湯一樣濃：晨霧像豌豆湯一樣濃厚。

- souped-up: The new, souped-up version of the computer game goes on sale in January.

功率加大：一月，功率加大的新型電動玩具開始發售。

- soup of the day, soup du jour: What's the soup of the day?

今日例湯：今日例湯是什麼？

- soup kitchen: There's free food for needy people at the soup kitchen.

救濟站：在救濟站有免費食物給窮人。

Corn on the Cob 玉米

Americans like to eat corn on the cob boiled with butter and salt on them. They are hard to hold when hot so you can use corn holders!

美國人喜歡吃煮熟的玉米棒，上面塗奶油和鹽。煮好的玉米很燙，很難握住，可以使用夾玉米的叉子。

Phrases 片語

- Corny jokes: My little brother loves to tell corny jokes.

笨笑話：我弟弟喜歡說笨笑話。

Barbecued pork ribs 碳烤豬肋骨

American barbecued pork ribs are smoked over a grill and usually come in big slabs (or racks) of about 12 ribs with a smoky savory or sweet barbecue sauce over them. They are a Southern US specialty and a main course.

美式碳烤豬肋骨是在碳烤架上面燻烤，通常是有十二條肋骨的很大的厚片（或骨架），上面塗香辣或甜的烤肉醬。這是南美洲特產，也是一道主菜。

Watermelon 西瓜

The typical American watermelon is large and has red flesh. It's a summer food eaten after the meal.

典型的美國西瓜很大，有紅色果肉。這是夏天的食物，在餐後食用。

Soft drinks 清涼飲料

A soft drink is one that is non-alcoholic. Soft drinks are sweet and usually carbonated (bubbly) beverages that are liked by children as well as adults. They come in cans and bottles. "Coke" (short for Coca Cola) is what most Americans think of when they think of a "soft drink."

清涼飲料是一種沒有酒精的飲料。清涼飲料很甜，通常是含二氧化碳（起泡的）的飲料，小孩子喜歡喝，大人也喜歡喝。裝在罐頭裡和瓶子裡。想到「清涼飲料」時，大部分的美國人會想到「可樂」（可口可樂的縮寫）。

Phrases 片語

● Coke bottle glasses: Gary's Coke bottle glasses make him look like he just studies all day long.

厚鏡片：蓋瑞的厚鏡片讓他看起來像是剛剛讀了一整天書。

Burgers 漢堡

"Burger" is short for "hamburger" or "beef burger," but it has come to mean other kinds of meat or meat-like meals on a bun, like a chicken burger, fish burger and even a tofu burger for vegetarians! It is usually topped with lettuce, tomato slices, onions, mayonnaise or a special sauce and served on a hamburger bun. It's a main course that comes with French fries.

「堡」是「漢堡」或「牛肉堡」的縮寫，但也包括放在圓麵包上面的其他種類的肉或像肉的餐點，像雞肉堡、魚堡，甚至是給素食者吃的豆腐堡。通常會添加生菜、蕃茄片、洋蔥、美乃滋或特製醬汁，和漢堡專用圓麵包一起吃。這是主菜，搭配薯條一起吃。

Desserts 甜點

The main kinds of lunch desserts that Americans like are pie and ice cream. You can even have them together and it's called "pie a la mode." Desserts are rich and sweet and there are three main kinds of ice cream—chocolate, vanilla and strawberry.

美國人喜歡的午餐甜點的主要種類是派和冰淇淋。

這兩種可以一起吃，稱爲「加冰淇淋的派」。甜點很甜很濃厚，有三種主要的冰淇淋種類——巧克力、香草和草莓。

Phrases 片語

● as American as apple pie: I think Jenny is as American as apple pie.

典型美國人：我認爲珍妮是典型的美國人。

● pie in the sky: Be careful—his promises sound like pie in the sky.

不可能的夢想：小心一點——他的承諾聽起來像一個不可能的夢想。

● as easy as pie: Don't worry about the test, it's as easy as pie.

很容易：不要擔心考試，很容易。

Macaroni & Cheese 義大利乳酪麵

Macaroni and cheese (also called "mac & cheese") is a very American comfort food which reminds people of when they were kids. It's thin tube-shaped pasta that is boiled and served in a creamy cheddar sauce. There are inexpensive instant mac & cheese packages for making a quick and cheap lunch at home.

Gouda (Dutch)
高達乳酪（荷蘭）

brie (France)
布雷乳酪（法國）

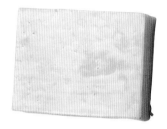

Edam (Dutch)
伊登乳酪（荷蘭）

mozzarella cheese(Italian)
馬自拉塊狀乳酪（義大利）

Parmesan cheese(Italian)
帕瑪桑乳酪（義大利）

gorgonzola (Italian)
拱佐絡拉乳酪（義大利）

起司通心粉（也稱做mac & cheese），是非常撫慰人心的美式食物，讓人想起童年時光，薄薄的管狀麵條煮好，澆上多乳脂的切達乳酪。也有便宜的速食袋裝起司通心粉，以便在家中做出快速又便宜的午餐。

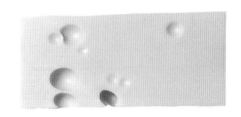

red Cheddar (U.K.)
紅色切達乳酪（英國）

Emmental (Switzerland)
艾蒙塔爾乳酪（瑞士）

cream cheese（USA）
奶油乳酪（美國）

Stilton (U.K.)
史帝爾頓乳酪（英國）

smoked Cheese (Dutch)
煙燻乳酪（荷蘭）

下午茶字典 TEA TIME WORDS

Black tea 紅茶

In the Chinese language, we say "red tea" but in English, it is "black tea." Black tea is the tea that most Americans drink, so

"tea" for them means "black tea" The first cup of tea is the best cup to Westerners but for Chinese, it should be thrown out. Black tea is dark reddish-brown in color.

在中文我們說「紅茶」，但是在英語，叫做「黑色的茶」。紅茶是大多數美國人喝的茶，所以對他們而言，「茶」就表示「紅茶」。第一泡的茶對於西方人來說是最好喝的茶，卻是中國人要扔掉的茶水。紅茶的顏色是深紅棕色的。

Phrases 片語

● Not my cup of tea: Rap music is not my cup of tea.

不是我喜歡的：饒舌樂不是我所喜歡的音樂。

● Not for all the tea in China:

就算用全中國的茶來交換也不要。

Q: Would you like to live in outer space?

問：你想去住在外太空嗎？

A: No, not for all the tea in China!

答：不要，就算用全中國的茶來交換也不要。

● Cuppa: Fancy a cuppa? (Would you like a cup of tea?)

一杯：想要一杯茶嗎？（你想要一杯茶？）

Fruit tea 水果茶

"Fruit tea" is a light tea made with fruit. Americans don't really think this is tea. It's more like an adult fruit drink or a type of iced tea. Perhaps that is because fruit tea doesn't have any caffeine in it.

「水果茶」是一種以水果做成的清淡的茶。美國人並不眞的認爲這是茶，比較像成年人喝的果汁或一種冰凍的茶，或許是因爲水果茶裡面沒有任何咖啡因。

Tea-time treats 下午茶點

The perfect companion to tea, tea-time treats are little snacks that give you strength in the middle of the afternoon so you can make it to dinner.

茶最完美的夥伴，下午茶點是一些小點心，可以在下午期間給你力量，這樣你才能撐到晚餐時分。

Green tea 綠茶

Although green tea is grown in China and Japan, most Americans think of green tea as Japanese tea and an exotic ice cream flavor. Green tea is supposed to be healthier and lighter to drink than black tea.

雖然綠茶生長在中國和日本，大部分美國人認爲綠茶就是日本茶與異國風味的冰淇淋口味。綠茶被認爲比紅茶更健康和清淡。

Herbs have been used as tea for hundreds of years in European history. "Herbal tea" means tea made from herbs, flowers or spices, separately and also mixed together. There is no caffeine in herbal tea.

在歐洲，藥草茶已經有數百年的歷史。「藥草茶」是指以藥草、花朵或香料植物，分開或混合在一起的茶。藥草茶裡沒有咖啡因。

stevia 甜菊

Lavender 薰衣草

Lemongrass 檸檬草

Mint 薄荷

Sage 鼠尾草

Thyme 百里香

Rosemary 迷迭香

Sweet basil 甜羅勒

lemon verbena 馬鞭草

Basically, a teapot, teacups, tea saucers, sugar bowl and creamer.
基本上，有茶壺、茶杯、茶碟、糖罐子和牛奶罐。

teapot（tea kettle）
茶壺

tea cosy
茶壺保溫罩

teapot warmer
暖壺器

creamer, milk pitcher
奶油壺，牛奶罐

honey dipper
沾蜂蜜棒

sugar bowl, sugar dish
糖罐

tea spoon 茶匙

tea cup 茶杯
tea saucer 茶碟

english afternoon tea
英式下午茶

Phrases 片語

● Let off steam, blow off steam: I let off steam by going jogging.

發洩情緒：我以慢跑來發洩情緒。

● Blow your lid, blow your top: Don't let him make you blow your top!

發怒：不要讓他引你發怒。

tea infuser, tea ball
濾茶球

tea strainer 濾茶器

tea caddy 茶葉罐

tea tray 茶托盤

Earl Grey Flowers
伯爵花茶

tea towel 茶巾

two-tiered cake stand
雙層蛋糕架

晚餐字典 DINNER WORDS

Beef 牛肉

"Beef" usually means either a "hamburger" or "roast beef" to Western people. It's a Main Course/Entree for Dinner.

對於西方人來說，「牛肉」通常表示「漢堡」或「烤牛肉」，是晚餐中的主餐。

Phrases 片語

- To have a beef: I've got a beef with you!
  有問題：我跟你之間出了點問題。
- To beef something up: The airport is beefing up its security.
  加強：機場在加強防安措施。
- Take the bull by the horns: Don't just dream about what you want—you've got to take the bull by the horns!
  不畏艱難：不要只想著你想得到的東西——你要不怕困難，勇敢一點！

Seafood 海鮮

Most Americans think of "seafood" as fish, such as salmon, trout or sea bass. But in general, Americans eat more beef, pork and chicken than seafood.

It's a Main Course/Entree. But some items, like raw oysters, can be an appetizer.

大部分的美國人認為「海鮮」就是魚，例如鮭魚、鱒魚或鱸魚。但是，一般而言，美國人吃牛肉、豬肉和雞肉，吃得比海鮮多。海鮮是主餐，但是有一些海鮮，像生牡蠣，可以是一道開胃菜。

Phrases 片語

- The world is your oyster: If you keep an open mind, then the world is your oyster.
  世界是你的：如果你有開放的胸襟，世界就是你的。
- To clam up: He always clams up when he tries to talk to her.
  保持沉默：每當他想要跟她說話，卻又總是閉嘴。
- Feeling crabby: It's not your fault, I'm just feeling a little crabby today.
  脾氣很大：不是你的錯，只是今天我脾氣很大。
- A dead fish handshake: Always have a firm handshake when you meet someone, never a dead fish handshake.
  冷淡的握手：遇到某人時，總是要給一個穩固紮實的握手禮，不要冷淡的握手。

Lamb 羊肉

For Chinese people, "lamb" means the meat of sheep and also goats.

But to Americans, "lamb" it is only meat from a young sheep. "Mutton" is meat from a more mature sheep. It's a main course and often eaten with mint sauce. Lamb isn't as popular as beef, pork or chicken. At Easter, Christians eat lamb. Australia and New Zealand have more sheep than people.

對於中國人而言，「羔羊肉」是指綿羊和山羊的肉。但是對於美國人而言，「羔羊肉」是指小綿羊肉，「羊肉」則是成熟的綿羊肉。這是一道主餐，通常和薄荷醬食用。羔羊肉不像牛肉、豬肉或雞肉這麼普遍。在復活節和聖誕節吃羔羊肉。澳洲和紐西蘭的綿羊比人還多。

Phrases 片語

●As gentle as a lamb: Brendan's a big guy but he's as gentle as a lamb.

像羊一樣溫馴：布萊登是個大男孩，但是像羊一樣溫馴。

●Black sheep: She's the black sheep of the family.

敗類：她是家裡的敗類。

●Sheepish grin: In the photo, I'm the boy wearing a sheepish grin.

傻笑：我是照片中那個傻笑的男孩。

Poultry 家禽

Americans think of chicken when they see the word "poultry." The most popular kind of chicken in America is southern fried chicken. The head is never served with the rest of the chicken. White meat is prized above the other parts. Poultry is usually a main course, unless it's chicken nuggets or Buffalo Wings.

美國人看到「家禽」這個字，就想到雞。美國最受歡迎的雞肉是南方炸雞。雞頭不會拿來和其它部分一起供應。雞胸肉比其他部位珍貴，價格也較高。除了雞塊和水牛城雞翅，家禽通常是主餐。

Phrases 片語

●To chicken out: I was going to ask Jenny for a date but I chickened out.

因為膽小而放棄：我想約珍妮，但是我太膽小不敢這麼做。

●Cooped up: Joe felt cooped up at home because of the snowstorm outside.

監禁：因為外面有大風雪，喬伊覺得自己好像被監禁在家裡。

●To talk turkey: Let's get down to business and talk turkey.

談正事：我們回到正題，談談正事吧。

●Henpecked: People say that he's a henpecked husband.

懼內的：大家都說他是怕老婆的先生。

Vegetables 蔬菜

The most popular American vegetables are potatoes (fried, mashed, baked) and green beans and they're usually side dishes. Most people prefer to eat meat and bread instead of vegetables but there are more people who only eat vegetables and are called vegetarians.

最受歡迎的美國蔬菜是馬鈴薯（炸的，泥狀的，烤的）和青豆。通常它們都是小菜。大部分的人比較喜歡吃肉和麵包，不吃蔬菜。但是有越來越多的人只吃蔬菜，被稱為素食者。

Phrases 片語

●Carrot and stick: The president supports a carrot and stick approach to the problem.

軟硬兼施：總統建議用軟硬兼施的方式來處理問題。

Desserts 甜點

Americans like sweet food and don't mind eating a dessert after a big dinner. Chocolate is the most favorite flavor, as in chocolate mousse and tiramisu.

美國人喜歡甜食，在吃了一頓豐盛的晚餐後，並不介意吃一份甜點。巧克力是最受歡迎的口味，譬如巧克力慕斯和提拉米蘇。

Phrases 片語

● Getting one's just desserts: He got his just desserts for cheating on the test.

受懲罰：他因為作弊而被懲罰。

Potatoes 馬鈴薯

Potatoes are the most common vegetable in the West, which is why there's the phrase "meat and potatoes." They come in many different styles and people think that if there isn't any bread, at least you can eat potatoes. It's a side dish.

馬鈴薯是西方最普遍的一種食物，這也是爲什麼會有「肉和馬鈴薯」這種用詞的原因。馬鈴薯的種類繁多，一般人認爲就算沒有麵包，至少還有馬鈴薯可以吃。馬鈴薯是配菜。

Shaped potato dishes 馬鈴薯切法

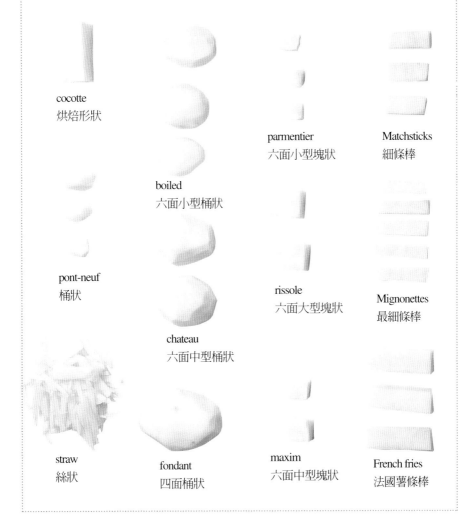

cocotte
烘焙形狀

parmentier
六面小型塊狀

Matchsticks
細條棒

boiled
六面小型桶狀

pont-neuf
桶狀

rissole
六面大型塊狀

Mignonettes
最細條棒

chateau
六面中型桶狀

straw
絲狀

fondant
四面桶狀

maxim
六面中型塊狀

French fries
法國薯條棒

Pasta 義大利麵

For Americans, "pasta" means noodles, like spaghetti, macaroni, or fettuccini.
對於美國人而言，「義大利麵」表示麵條之意，像義大利麵、通心麵或者義式扁平細麵條。

spaghetti 義大利麵

fettuccini, fettuccine
寬扁麵

coccioloni（shells）
貝殼麵

farfalle（bowties）蝴蝶麵

fusilli（spirals）螺旋麵

macaroni 通心麵

Phrases 片語

- Use your noodle: Bob didn't use his noodle and got into trouble.

  動動腦筋：巴博不動腦，困難就發生了。

- Fifty lashes with a wet noodle: I can't believe that sports star only got fifty lashes with a wet noodle!

  不是真的懲罰：我不敢相信那個運動明星就這樣輕鬆過關了。

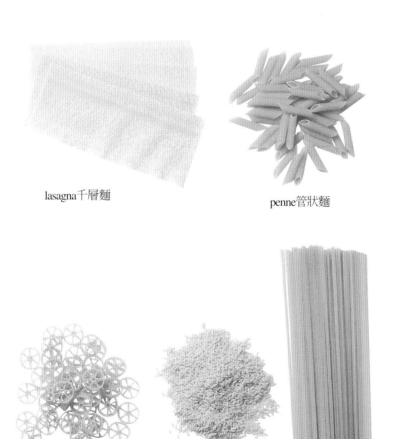

lasagna 千層麵

penne 管狀麵

rotelle（wheels）車輪麵

riso（rice）米麵

tagliatelle 寬麵

Many spices, such as salt and pepper, first came from the Middle East and were used by Europeans and Americans to make plain foods taste better. Herbs have also been used in the same way and if you can't get fresh herbs, then at least dried herbs will do.

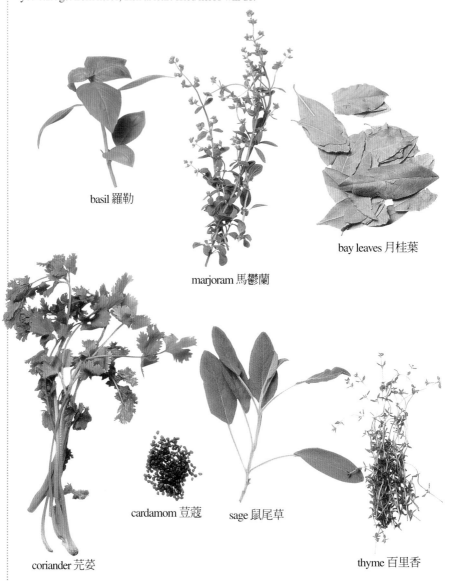

basil 羅勒

marjoram 馬鬱蘭

bay leaves 月桂葉

coriander 芫荽

cardamom 荳蔻

sage 鼠尾草

thyme 百里香

許多香料，像是鹽跟胡椒一開始是從中東傳來的，被歐洲及美國人拿來當作爲平淡的食物提味用。藥草也有同樣的用途。如果你找不到新鮮的藥草，也可以使用乾燥的藥草。

dill 蒔蘿

rosemary 迷迭香

cinnamon 肉桂

parsley 歐芹

tarragon 茵陳蒿

cloves 丁香

chives 蝦夷蔥

oregano 牛至

Dinnerware 餐具

In the West, people eat using a knife, a fork and a spoon. Each utensil has its role. In the same way, different kinds of food need different containers, like soup needs a soup tureen, and so on.

西方人吃東西用刀叉與湯匙。每種用具都有自己的功能。同樣的，不同的食物需要用不同的器皿來裝，譬如湯就需要湯碗來盛。

soup tureen
湯碗

bread & butter plate
麵包與奶油盤

Soup cup & saucer
蓋碗與碟子

pickle dish 小菜盤

oval dish
橢圓形盤子

fruit/salad bowl
水果沙拉碗

sauceboat & stand
船形醬汁碗與架子